梓　林太郎

遠州浜松殺人奏曲

私立探偵・小仏太郎

実業之日本社

実業之日本社文庫

遠州浜松殺人奏曲／目次

遠州浜松殺人奏曲

私立探偵・小仏太郎

遠州浜松殺人奏曲
竜ヶ岩洞
新東名高速道路
西鹿島駅
北区
龍潭寺
東名高速道路
天竜浜名湖線
岡地駅
気賀駅
浜北区
遠州鉄道線
磐田市→
奥浜名湖
舘山寺温泉
浜松市動物園
天竜川
東区
浜名湖
浜松オートレース場
中区
天竜川駅
豊田町駅
西区
助信駅
佐鳴湖
浜松城
東海道本線
浜松駅
東海道新幹線
高塚駅
浜松市楽器博物館
浜松アクトタワー
新居関所史料館
新居町駅
弁天島駅
舞阪駅
スズキ歴史館
南区
中田島砂丘
遠州灘

地図製作／ジェオ

第一章　萬松山龍潭寺

1

小仏探偵事務所は、亀有駅南口から歩いて五分とかからないところにある。駅付近の主要な商店街ではないが、商店とオフィスが道路に沿って整然と並んでいる一角だ。夏も終わりを告げかけている九月の半ばだが、事務所の窓に近い電柱で蟬がさかんに鳴いている。

「おれの寿命はあと二、三日だから、早くおれを見付けてくれ。少しぐらい鼻筋が曲がっていても、それは我慢するので」と鳴いている。近所に木立ちがまったくないわけではないのに、蟬はなぜかこの電柱に張り付いて、さかんに鳴く。真夏だと早朝から三、四匹が悲鳴に似た声を競っている。事務所の隣室に寝ている小仏太郎は、蟬の鳴き声で目を覚ます日も少なくない。

電柱は灰色のコンクリート製だ。長年の風雨をかぶっていくぶん肌が黒ずんでいる。蝉にはそこがいいのではないか。

事務と家事をソツなくこなしているエミコが出勤した。出勤時間は午前九時だが、雨の日も風の日も五分前には出勤する。

小仏はソファで朝刊を広げている。エミコは、氷のかけらを二つ三つ落とした水のグラスを、テーブルの端に置く。新聞を開いた手がグラスに触れないようにという配慮だ。

エミコは、世間の人が夏休みを終えたころを見はからって、新潟へいってくるといっていたが、九月になっても、「お休みを下さい」といわずにいる。彼女は佐渡生まれだが、親の事情によって、新潟市の伯母に育てられた。なので新潟行きは帰省である。小仏は、きょうあたりは、「お休みを」といい出すのではないかと、何日も前から二十四歳の彼女の背中を見ている。

広げていた朝刊をたたみかけたところへ、玄関のドアが音もなく、しかも少しずつ開いた。九時十五分だ。調査員のイソが出勤したのだ。毎朝のことだがイソは、泥棒猫が他人の家へ忍び込むようなドアの開けかたをして入ってくる。自宅へ入るときも同じなのか。

小仏はわざと壁の時計を見てからイソに視線を投げた。イソは蜘蛛のように壁沿いに歩くと、エミコにだけ、「おはよう」とかすれ声を掛けた。

「おはようございます」エミコは大輪のヒマワリが咲いたような明るい声を返した。

イソの本名は神磯十三（かみいそじゅうぞう）、三十一歳。風采と過去の稼業からこの本名を想像する人は少ないはずだ。だから小仏がイソと呼ぶようになった。

イソは群馬県高崎（たかさき）市出身で、高崎には母親と妹が住んでいる。父親も高崎にいるらしいが、母とは別居だという。小仏にとってはどうでもいいことなので、イソの両親の別居の事情はきいていない。

イソは冷蔵庫から麦茶のボトルを取り出した。

「おまえはきょう、横浜へ転居した女性の住まいを撮って、そこでの暮らしぶりを嗅いでくるんじゃなかったのか」

小仏は、イソの返事によってはスリッパの片方を、彼の頭めがけて投げつけるつもりだった。

「亀有駅へいって、財布を忘れたことに気付いたの。それに、きのうまで調べたことをレポートにしてないんで、きょうは事務所で、それを書くことにしたの」

「レポート書きは夜の仕事。おまえには昼間の仕事が、ごっそり……」

小仏がいいかけたところへ、ドアが鳴った。ノックだ。ノックというのは遠慮がちにするものだが、いくぶん手荒な感じだった。

「はい。どうぞ」

エミコが応じた。

ドアを開けたのは、わりに体格のいい男が二人。

二人はエミコに向かって名乗り、身分証を示した。メガネを掛けているほうは静岡県警本部刑事部、一人は静岡県警細江署刑事課。

「小仏太郎さんにうかがいたいことがありますが、ご本人はいらっしゃいますか」

エミコは答えず、小仏のほうへからだをひねった。

二人の用件は不明だが、小仏はソファに腰掛けたまま、「どうぞ、お入りください」といった。二人とも静岡県警の刑事だというが、最近の小仏は静岡県へいっていないし、静岡県に関係のある仕事もしていなかった。

エミコは二人にスリッパをすすめ、

「ご苦労さまです」

と、あらためて頭を下げた。

訪れた二人は、紺のスーツを着ていた。小仏の前へきて名刺を出した。

静岡県警本部のほうは夏目警部、細江署は石川警部補で、ともに四十代半ば見当。

小仏も二人に名刺を渡した。

「じつにシンプルで、憶えやすいお名前ですね」

メガネを掛けた夏目が表情を変えずにいった。こういうことをいう人間はたいてい和やかな目をするものだが、胸板の厚い夏目はメガネを光らせただけだった。

「よくいわれます」

小仏のほうも目つきを変えず、不愛想な答えかたをした。

「ご出身は、東京だそうですね」

「調べておいでになったんですね」

「必要があったものですから、こちらの所轄署にあたりました。そうしたら警視庁本部へ照会するようにといわれました。小仏さんは以前、警視庁の刑事部の所属だったそうですね」

ここの所轄は亀有署だが、夏目たちは警視庁本部に小仏の経歴を照会したのか。そうだとしたら、あまりいい辞めかたをしていない事情もつかんだのではなかろうか。

「私に関係する事案でも？」

「じつは四日前の九月十二日に、浜松市北区引佐町（いなさちょう）にある有名な、龍潭寺（りょうたんじ）の裏側にあたる場所で、近所の住民が怪我をして歩けなくなっている男の人を発見しました」

肩幅の広い石川がいうと、「小仏さんは、龍潭寺はご存じですね」と、少し首をかしげた。

小仏は、寺院に興味はないし、都内の寺の名も三つ四つしか知らない。二、三年前、大学を卒(お)えたばかりの女性に、京都と奈良のいくつもの寺院の名といわれをきいたが、小仏が名を知っていた寺は四つだけだった。彼女は話しているうちに小仏の知識の浅さに気付いたらしく、興冷めした顔をして口を閉じたものだ。

いま石川がいった浜松市内の龍潭寺の名は、初めて耳にしたような気がするので、

「知りません」

と答えた。

「遠江国(とおとうみ)の井伊(いい)家二十二代、井伊直盛(なおもり)の娘で、一時直虎(なおとら)と名乗っていた人はご存じないでしょうね」

小仏は、石川の視線から逃れるように顔を横にした。

コーヒーを入れて、白いカップを三人の前へ静かに置いたエミコが、目で合図した。彼女は衝立(ついたて)の陰へ小仏を呼んだのだ。

「井伊というのは戦国時代、遠江国の大名。当主が次つぎに殺されて、跡継ぎが跡切れるので、女性なのに男名の直虎を名乗って、一時、領主となった人がいたんです。龍潭寺にはその人のお墓もあるし、井伊家の菩提寺でもあるんです」

エミコは小仏のシャツの裾をつかんで、ささやくようにいった。

「そんなことを、おまえ、なんで知ってるんだ」

「それは、あとで話しますので、龍潭寺も井伊直虎の名も、きいたことはあるって答

えておいてください」

　そういうとエミコは、小仏の背中を押した。

　自分の席で、肘をついた腕に顎をのせていたイソが、小仏を見てヒッヒッと笑った。

「怪我人は、住民の連絡によって駆けつけた救急車で病院へ収容されて、手当を受けました」

　病院へ運ばれれば、手当てを受けるに決まっているが、石川は手順を踏むように話した。

　小仏は、コーヒーになにも落さず一口飲んで、夏目と石川の顔を見比べた。

「怪我人は重傷でしたが、意識はあったしなんとか口を利けたので、身元を尋ねました」

　石川は、小仏の反応を推し測るような顔をした。

　小仏は、いったんペンを持ちかけたが、手はコーヒーカップに動いた。

「怪我人の氏名は、小仏太郎だったんです」

　石川の声のトーンが少し高くなった。

「同姓同名がいたのか」

　小仏は、ゆっくりとコーヒーカップを置いた。

「その男が答えた住所は、葛飾区亀有三丁目十三だったんです」

「なにっ。ここの住所を。じゃ、私の名をかたったっていうことでは」

「その男の年齢は、生年月日を正確に答えたわけではないが、四十六歳だといいました」

「職業は？」

「会社員とだけしかいいませんでした」

「それで、小仏太郎を照会したら該当があった。元警察官だと分かったので、経歴と現在の職業を警視庁に照会したというわけですね」

「そのとおりです。一つの住所に同じ名前の人が二人住んでいるはずはない。怪我人は、自分の身元を明かしたくない事情があった。ですが、小仏さんの名をかたったのですから、あなたを知っていたし、あなたの名を使うについては深い理由があったものと思われます」

「その男は、たとえば保険証とか運転免許証などは？」

「身元を確認できるものは、なにも持っていませんでした」

「そいつの体格は？」

「身長はほぼ一八〇センチで、体重は七五キロ程度。髪は短めに刈っていて、面長。上質の青い縞の長袖シャツに紺のズボン。ベルトはイタリア製」

「靴は？」

「履いていませんでした」

「履いていない……。そいつの怪我はどんなですか」

「殴られたり、蹴られたりしたようです」

刃物で切られたり刺された跡はないという。

「べつの場所で暴行を受け、車で運ばれてきて、発見現場へ棄てられたんじゃ」

「その可能性はあります」

「でたらめな身元を喋っているが、それ以外のことはきけないんですか」

「きくつもりでしたが、死亡しました」

「死んだ……」

小仏は舌打ちした。

「そんなわけですので、私たちがなぜこうして小仏さんに会いにきたのかが、お分かりになったでしょうね」

夏目がメガネのフレームに指を添えた。

「私の名をかたったそいつに、心あたりはないかっていうことでしょ。私には心あたりなんかありません」

「しかし、あなたの氏名と住所を正確に知っていた。しかも死ぬかもしれない状態のときに、他人の氏名を。……私たちは、あなたにごく近い人だったとみています」

石川は黒い鞄から写真を取り出すと小仏の前へ置いた。死んでから撮ったものだ。衝立の陰でエミコが背伸びした。イソは首を伸ばした。彼は仕事を忘れてしまったらしい。

「考えてみるので、この写真を置いていってください」

小仏は、薄気味悪い写真を伏せた。

「一葉でいいですか」

石川は、同じ写真を何枚も持っているのか。彼は、男が発見された地点の地図を、「参考までに」といって置いた。「龍潭寺　井伊家の墓所」という字が黒ぐろと書かれている。

「ワイシャツは上質だというから、誂え物かもしれない。どこかにネームは入っていませんか」

「左上腕部分に飾り文字でN・Gの横書きの縫い取りがあります」

「N・G。名字は夏目かも」

夏目はメガネの中の目を細くして、小仏をにらんだ。悪い冗談だといっているようだ。

「シャツのメーカーは？」

「ISETANと入っていました」

小仏は、石川が答えたことをメモした。

遺体の解剖結果はきょうじゅうに出ることになっているので、気が付いたことがあったら連絡する、と二人はいって椅子を立った。

2

小仏は、死んだ男が着ていたシャツの縫い取りの文字の「N・G」に注目した。その男は小仏の名や住所をかたった。小仏に直に会ったことがあったのだろうか。パソコンの前へすわったエミコに、小仏の住所録に入っているうちN・Gに該当する人をさがさせた。縫い取りの二文字は横並びだというが、名字が先か名前が先なのかは不明だ。

「四人、いらっしゃいます」

小仏は氏名と住所が映った画面をにらんだ。長田軍治、永井銀次郎、後藤宣雄、五味直子。四人は都内と埼玉県の住民だ。後藤だけが、なんとかいう寺の裏側で殴られたか蹴られた男の年齢に近い。証券会社の総務部門の課長になったばかりで、トラブルに巻き込まれるような人柄ではない、とは思っているが、人は見かけによらないものだし、どこでどんな災難に遭うか予測がつかないものでもある。

小仏は、日本橋の証券会社に電話を掛けた。後藤宣雄はすぐに応じた。

「こんにちは。小仏さんから電話とは、珍しいですね」

「しばらく会っていなかったし、課長に昇進なさったんだから、近いうちに会って、祝杯でもと思ってね」

「ありがとうございます。探偵業のほうはお忙しいですか」

「ここのところ、仕事が切れることがないので、なんとか」

小仏は、また都合をうかがうといって電話を切った。後藤は悪い予感でも覚え、首をかしげているにちがいない。

エミコの知り合いにN・Gに該当する人はいないかをきいた。

彼女は考え顔をしながら何人かの名を低声で並べていたが、

「母方の伯父が、長澤吾市でした」

「おまえの伯父といったら、四十代じゃないだろ」

「五十代半ばだと思います」

「イソには、該当するような人はいないよな」

「なんだか、普通の人間じゃないみたいないいかただ」

彼は二、三分考えていたが、五代ナツミという人を知っているといった。

「女だろ？」

「そう」

「浜松のなんとかいう寺の近くで、くたばったのは四十代の男なんだ」

「くたばる前に、所長の名を使った男、死んでからも所長のことを恨んでやるつもりだったってことだね」

「この野郎、勝手なことを」

小仏がエミコに、もう一杯コーヒーをといったところへ、警視庁本部刑事部の安間善行が電話をよこした。

「さっき、警務部から連絡があって、小仏の経歴を静岡県警にきかれたそうだ。なにか心あたりは？」

「静岡県警本部と細江署の刑事が会いにきた。浜松市内のなんとかいう寺の近くで、殴り倒されて重傷を負った男が、病院に収容されたが、けさ方死んだ。その男は、おれと同じ名を名乗ったし、おれと同じ住所を告げていた」

「同姓同名……」

「同じ名前の人間が一人ぐらいはいても不思議じゃないが、住所が同じっていうことはないだろう」

「年齢は？」

「おれと同い歳」

「身辺に、事件に巻き込まれそうな男がいなかったか、よく見まわしてみることだな。訪ねてきた刑事は、死んだ男の写真を持っていただろ」

「ああ。体格といい顔つきといい、おれに似ているんだ」

「ほう。そいつは、どこかでおまえを見たか会ったかした。年格好も体格も似てたんで、小仏太郎を名乗っていたんだよ、たぶん」

「太(ふて)え野郎だ。喧嘩でもして、殴られたり蹴られたりしたのかな?」

「これから妙なことが起こらないといいが」

安間は、言葉に余韻を残して電話を切った。


小仏はけさ、朝食を食べそこねた。一食抜くぐらいは気にならないが、きょうの腹の虫の鳴きかたはいつもとちがって、さっきからグズっている。

電柱の蝉が鳴きやむと、小仏のデスクの電話が鳴った。さっき訪ねてきた細江署の石川からだ。

「たったいま、本署から連絡がありまして、龍潭寺の北側の空地で、男のホトケが発見されました」

石川は荒い息をしているようだった。

「けさ病院で死んだ男が発見された現場の近くなんですね」

「一〇〇メートルばかり龍潭寺寄りということです。何年か前まではミカン畑だったが、手入れをする人がいなくなったために、雑草が生い茂るにまかせていた空地ということです」

「そんな場所でよくホトケを？」

「病院で死んだ小仏太郎の遺留品さがしをしていた警官が、発見したんです。詳しいことが分かりましたら、またお知らせします」

いま石川がいった、「病院で死んだ小仏太郎」という言葉が耳朶（みみたぶ）にからみついた。

「有名なお寺の近くで、男が二人。病院へ運ばれたけど助からなかった男と、きょう発見された男は、一緒にいて、何者かの襲撃に出合ったんじゃ」

レポートを書いていたイソは、ペンを放り出すと興奮したようないいかたをした。

小仏は、片方の手を腹にあててイソをにらみつけた。

小仏の目の色に気付いてかイソはペンを持ち直したが、

「草むらで発見された男も、小仏太郎を名乗ってたら、面白いよね。ね、エミちゃん」

エミコは背中を向けて返事をしなかった。

「龍潭寺って、知らないと恥ずかしいのか」

小仏は、きょう初めて耳にしたような気がするので、エミコにきいた。

「京都の金閣寺や、東寺、清水寺を知らないと、恥ずかしいかもしれませんけど、浜松の龍潭寺は、それほどでも。ただ井伊家の世継ぎは次つぎに殺されたので、龍潭寺で出家して次郎法師と名乗っていた彼女は、直虎と名乗って、女領主として、井伊家受難の時代を救いました。それが、後世に語り継がれる人になった所以なんで、それぐらいは」

「ふうん。きいたかイソ」

「きいたけど、おれにはよく分かんないし、知らなくてもべつにどうってことはなさそう」

「エミコはこうやって、おれの知らないことを補ってくれるが、おまえはおれに、おれが知らなかったことを、ひとつでも教えたことがあったか」

「八つあたりしないで。おれは歴史には弱いんだ」

「歴史だけじゃない。すべてが半人前」

「けっだ」

シタジから電話が入った。小仏事務所のもう一人の調査員だ。本名は下地公司郎。シモジはいいづらいので、先輩格のイソがシタジと呼ぶことにした。紙のように白い顔をしたシタジは、イソとちがって生真面目で几帳面で、きれいな字を書く。菓子屋と葬儀社に勤めたことのある四十一歳。

「きょうは、二十六歳の篠倉涼子の新しい住所での暮らしぶりを調べるつもりで、世田谷区経堂へきたんですが、彼女は一週間前に引っ越していました。経堂に住んだのは、わずか一か月です。転居先は知られていません。どうしたらいいでしょうか」

「経堂での約一か月間の暮らしぶりと、訪ねてきた者がいたかどうかを聞き込んでくればいい。一か月で転居したのは、調査依頼人から身を隠すためだったんだろ。きょうはここへもどって、レポートをまとめろ」

小仏とシタジのやりとりをきいていたイソが、舌打ちした。

「なんだ、いまのちぇっは？」

小仏はイソの顔めがけて、消しゴムを投げつけた。

「所長は、シタジにはやさしいんだから」

ここ一週間、イソとシタジが手がけている調査の依頼人は、衣料品量販店を関東と中部地方に展開している「エンサイ」の社長。小仏は六十五歳のこの水谷広喜社長とは十年来の知り合いだ。小仏が警視庁を辞めて、私立探偵でやっていくのを決めたとき、水谷には挨拶にいった。水谷は小仏を応援するといって、何日か後、取引先の業況調べの仕事をくれたし、ある女性の日常生活を詳しく調べる仕事もくれた。

今回の水谷は小仏に、二十四歳から三十三歳までの七人の女性の現住所での生活状態を調べてくれといって、各人の氏名、年齢、住所、職業か勤務先を書いたものをくれた。そのうちの一人は女優。一人は都内の有名デパートの社員、あとの五人は会社員となっていた。

社長と女性たちは愛人関係だろうと推測したが、小仏はその間柄を社長に尋ねなかった。社長は彼女らの自宅を訪ねたことはなく、都内某所で会っているらしかった。したがって、彼女らがはたして独身なのか、既婚者なのか、だれかと一緒に住んでいるのかを知らない。知らなくてもさしさわりはないのだが、最近ふと気付いたことがあった。七人のうちのだれかに質(たち)のよくない者がついていて、『社長のスキャンダル』を公にするなどと称して、大枚を要求してくる恐れがあると、寝床の中で気付いた。社長は七人それぞれに、複数の女性と付合っていることを内密にしているが、そのことを、「バラす」という者が突如あらわれないともかぎらない。もしかしたら会社の側近に、「身辺は清潔に」と釘を刺されたか。商品を売って儲けた金の一部が、女性との遊びに遣われていることが世間に知られたら、社長の店では物が売れなくなる。愛人を七人でなく十人抱えている絶倫氏でも、社長の愉しみが女性という店の商品は、買いたくないものなのだ。

3

シタジが事務所へもどってきて、首の汗を拭き、水を一杯飲んだところへ、まるで彼を見ていたようにエンサイの水谷社長から小仏に電話が入った。

「お願いした調査には取りかかってくれましたか」

きょうの水谷の声は苛ついている。

「かかっております」

「七人のうちの篠倉涼子のことを早く知りたいが、どうでしょう」

シタジが受け持っていた被調査人だ。資料では篠倉涼子は会社員となっている。

「調査員はきょう、篠倉さんの世田谷区経堂の住所をあたりました。高級感のある五階建てのマンションの四階でしたが、彼女はそこに、約一か月住んだだけで、一週間前に引っ越しされました。マンションの持ち主に会いましたが、引っ越しの前日にそれを告げています。転居先は知られていません」

「そうか。彼女とはゆうべ会ったが、食事中も落着きがないようで、それまでとはようすがちがっていた。それでなにかあったなとは思ったが、新しい住所を一か月で引っ越したとは」

どうやら水谷は、二十六歳の彼女に未練があるようだ。

彼女には切羽つまった事情があったのだろうが、昨夜の彼女は、それを水谷に打ち明けなかった。

「篠倉さんが足立区千住から経堂のマンションへ転居した直後の昼間、五十半ば見当の男性が、家主に彼女のことをききにきています」

シタジから報告を受けていたことを、小仏は伝えた。

「男が……」

水谷は唸るような声を出した。

「その男性は、篠倉さんの住まいを訪ねる人がいるか、ときいたそうです」

「訪ねる者がいましたか」

「家主は、知らないと答えたそうです」

彼女は、千住から経堂へ転居すると、新住所を水谷に伝えたにちがいない。もしかしたら入居のさいの費用を水谷が負担したのかもしれない。だが彼女にはその住所で暮らしていられない事情が生じた。その事情を水谷には話さなかった。

小仏の推測だが、水谷はきょう、篠倉涼子に電話を掛けたのではないか。すると昨夜会ったのに、彼女の電話は通じなくなっていた。彼女が番号を変更したか、身辺に異変でも起こったのではないかと気がかりになったので、水谷は小仏に調査結果を問い合わせてきたのだろう。

「なぜ急に引っ越したのか、いままでの会社に勤めているのかが、分かりますか」

「あした調べて、分かったことをお知らせします」

小仏がいうと、水谷は小さな咳をして電話を切った。

複数の女性と付合っているらしい水谷だが、いまのところ篠倉涼子に対する思いがいちばん強いのではないか。それとも彼女と知り合って日が浅いのでは。水谷にとって彼女が新鮮なのだろう。

シタジは、自分の席について取材ノートをデスクに置いたが、

「彼女の勤務先は上野ですので、これから確認にいってきます」

シタジは、依頼人の気持ちを酌んだようだ。被調査人が、勤めているかどうかだけなら、電話でも知ることができる。しかしそれが分かっただけでは依頼人は満足しないだろう。

小仏はうなずいた。シタジはエミコから麦茶をもらって飲むと、背を丸くして出掛けていった。

小仏は、新聞紙を筒にして、イソの頭に叩きつけた。シタジを見習えといったのだ。

「べつに偉かないよ。世田谷からもどる道中に、上野があるんだから、そこをあたって帰ってくるのが、普通」

イソは窓のほうを向いて吠えた。

小仏は新聞紙の筒をデスクに打ちつけた。

その音に怯えたのか、蟬が鳴きやんだ。

と、デスクの電話が鳴った。掛けてよこしたのは細江署の石川だった。

「お寺の裏の草むらで発見された男の、遺体解剖結果の連絡がありました」

石川は、まるで上司に報告しているようないいかたをした。

「頸部、胸部、腹部を強打されて内出血を起こしていたのが死因ということです」

「強打。凶器はなんでしたか」

「棍棒だと思われます」

死後四日以上経過しているという。

病院で小仏太郎と名乗った男が発見されたのが九月十二日だった。その男は重傷を負っていたが、怪我の原因をだれにも話していなかった。彼は、きょう遺体で発見された男と、人目のない場所で殴り合いの格闘をしていたのではないか。きょう遺体で見つかった男は、小仏太郎と名乗っていた男に殴り殺されていたような気がする。

きょうは電話がよく鳴る。今度は警視庁の安間だった。

「小仏太郎を名乗っていた男が、四日前に発見された場所の近くで、べつの男が遺体で見つかったという連絡がたったいま、静岡県警から入った。小仏に心あたりはないか」

「死体が見つかるたび、おれに心あたりをきくのか」

「おまえの名をかたっていた男と関係がありそうだから、きいたんだ。小仏は現地へいって、そのホトケの顔を拝んだほうがいい。……名前と住所をかたっていた人間は、暴行を受けたのが原因で死亡したんだぞ。殺人じゃないか。無関係だなんていって、放っておかないほうがいいんじゃないか」

安間は、小仏のためを思っていっていることが分かった。小仏には、氏名と住所を使われた男がだれなのかの見当はつかないが、どうにも落着けなかった。人の名を使ったまま死んだ男には、小仏太郎を名乗らねばならない事情があったようにも思われる。

小仏はイソのほうを向いた。

「いま受け持っている仕事は、シタジに任せろ」

「な、なに急に」

「これから浜松へいくんで、車を出してこい」

「浜松なら、新幹線のほうが早いのに」

「向こうへ着いてからの移動を考えると。……ぐずぐずいってないで、車を点検したら連絡しろ」

「これからいったら、向こうへ着くのは夜。おれ、着替えもないんだけど」

「現地で調達できる。早くしろ」

イソは、きょう手がけるはずだった調査対象の資料を、シタジのデスクに置くと、電話を掛けた。シタジに仕事の申し送りだ。

「おれはこれから、所長を乗せた車で浜松へいく。どんなところでなにが待っているか分かんない。おそらく五体満足ではもどれないと思うんで、よろしくな」

エミコは、温かいご飯があるので、にぎり飯をつくるといった。

「エミちゃん。おれの分は、ゴボウの味噌漬けとコンブの佃煮を入れて」

エミコは、希望どおりにするとも、材料がないともいわなかった。

小仏は、都市地図を開いた。龍潭寺は浜松市北部で北区引佐町井伊谷（いいのや）。そこへは新東名高速道路引佐連絡路の浜松いなさインターチェンジが近そうだ。細江署は、天竜浜名湖鉄道の気賀（きが）駅の近くで、浜名湖の北岸にあたる。

小仏は、バッグにカメラとレコーダーを入れた。イソから、ガソリンを満タンにしてきたという連絡があった。

小仏が階段を下りていくと、イソが車の脇で若い女性と向かい合っていた。上のほうから見たかぎりではだれなのか分からなかったが、二階の踊り場では近所のかめ家をやっている夫婦の娘のゆう子だと分かった。彼女はいつもジーパン姿なのに、きょうは紺のボーダーのワンピースだ。白いバッグを提げている。あらたまった場所へ出掛けるらしい彼女を、イソが呼びとめたのだろう。彼女は、亀有駅前交番の巡査と親しくなり、交際中ということだ。イソはゆう子に下品な冗談でもいったらしく、彼女は舌をのぞかせて駅のほうへ去っていった。

イソは、亀有商店街のスナック・ライアンに勤めている肉づきのいいキンコにぞっこんである。週に一度はライアンのカウンターにとまってキンコの全身を舐めまわすように見ながら、ウイスキーか焼酎の水割りを飲んでいる。キンコの話によるとイソは、ライアンへくると口数が少なくなるらしい。彼女はイソにも、ほかの客にも二十五歳といっているが、最近になって年齢をごまかしている自分が嫌になった、と小仏にそっと語った。実際はいくつなのかときいたら、二十八だといった。そういわれてあらためて見ると、二十五歳は無理な気がする。

「ゆう子はしゃれていたが、きょうはなにがあるんだ」

イソにいった。

「高校の同級生の結婚披露パーティーだって」

「結婚。ゆう子はたしか二十歳だが」

「おれも、若い子と付合いたいな。ここでくすぶってたら、若い子と知り合うチャンスなんて、絶対にない」

「おまえには、キンコがいるじゃないか」

「キンコか」

イソは車に乗り込んだ。キンコにいい寄ってはいるが、色好い返事はきけないようだ。

イソはまだ走ってもいないのにクラクションを鳴らした。道路端を歩いていた老婆が杖にしがみついた。

4

途中の一か所で休憩して、ダンゴを食べてコーヒーを飲んだ。静岡県の空はどんよりと曇っていて、富士山は見えなかった。

まず細江署へ寄るのが筋だとは分かっていたが、ナビゲーターに頼りながら龍潭寺に着いた。新東名高速道路を飛ばして、四時間半を要した。

杉木立が暗くしている石畳を踏んでいくと、［徳川四天王　井伊直政公出世之地］と刻まれた石碑があらわれた。寺に参った人たちが帰る時間帯なので、それより先へは入らないことにした。

「所長、ここは由緒のある立派なお寺ですよ」

イソは、からだを左右に揺らして奥のほうを眺めた。

「それがおまえには分かるのか」

「分かるのかって、ほら、境内図があるじゃないですか。きれいな庭園と井伊氏歴代の墓所も。これからはだれかにこのお寺のことをきかれたら、前から知ってたって答えたほうがいいですよ」

広い寺の敷地をぐるりとまわって、墓所の裏側に着いた。寺を隠すような木立ちの北側は人間の背丈ほどもある草におおわれた空き地だった。小仏太郎と名乗った男と歳格好が似た男は、草の中に転がっていたようだ。伸び放題の草はところどころで踏み倒されたりへし折られていた。それは二人の男の格闘の痕跡と警察官の捜索の跡だろう。

一〇メートルばかり西に移動すると、立入禁止のロープが張られていた。

「所長。こんなところをうろうろしてると、捕まるかもしれないよ。それに、なんだか気味が悪い」

イソは、草むらに小仏を残して道路のほうへ出ていった。微風が草いきれの匂いを運んできて、頭上近くの黒い雲が一瞬閃光を放ち雷鳴をとどろかせた。イソはわめくような声をきかせると駆け出していった。

細江署へいくと石川刑事が出てきた。ここには〔井伊谷男性殺人事件捜査本部〕が設けられていた。石川は県警本部の夏目と一緒に、一時間ほど前に東京出張からもどったところだという。

「草むらで発見された遺体の男も、身元の分かりそうな物を所持していませんので、仮に、病院で亡くなったほうを太郎、きょう草むらで見つかったほうを次郎、と呼ぶことにしました」

小仏は、その仮称が気に入らなかったが、文句をいえる立場ではない。

石川は、〔次郎〕を見るか、ときいた。

小仏はうなずいたが、イソは首を横に振って後じさりした。

小仏は石川に地下の霊安室へ案内された。刑事時代から数えきれないほどホトケを見ているので、きょうも特別な感情はない。

〔次郎〕は、紺地に白の細かい錨（いかり）を散らした半袖シャツに生成（きなり）の麻のズボン。コーヒーのような色のメッシュのベルト。白と紺のコンビのスニーカーの片方が遺体のすぐ近くで見つかったが、片方は未発見だという。顔はむくんでいる。額の右に長さ三センチほどの傷跡があり、左眉の中に裂傷があって、血がかたまっている。硬い物があたったか殴られた痕だろう。

身長は一七七センチ、体重は七二キロ程度。水泳選手のように肩の筋肉が盛り上がっていて、首も太い。

「どうですか」

石川は、見憶えがあるかというききかたをした。

小仏は、目を瞑(つむ)っているホトケの顔を見たとたんに、見憶えがあるのを感じたが、知らない人間だというふうに首をかしげた。だれだったかは思い出せないが、会ったことのある男だ。飲食店内か人混みの中で会ったような気がするが、あとでじっくり考えてみることにした。

「所持品は、どんな物ですか」

「三万一千円が入った二つ折りの財布に、六百四十四円が入った小銭入れ。それからハンカチ。コインロッカーのものと思われる鍵が一つ」

小仏は石川に断わると、［次郎］の顔をカメラに収めた。

細江署の捜査本部はあしたも遺留品捜索をするという。

捜査本部は、［太郎］と［次郎］が、発見現場で争いを起こし、殴り合いを演じたか、あるいは二人ともほかの場所で殺されたり、重傷を負わされ、車で連れてこられて棄てられたとみているようだ。

「［太郎］のほうは、重傷だが生きていた。そういう人間を棄て逃げはしないんじゃないでしょうか」

小仏は広い肩幅をした石川にいった。

「棄てられたときは、意識を失っていたんじゃないでしょうか。間もなく死ぬものとみられていた」

「二人を同じ場所か、すぐ近くに棄てた犯人の意図は、二人が殴り合いの格闘をしたと思わせるためだったでしょうか」

「たぶんそうでしょう。なんとなく暴力団関係者の犯行といった臭いがします。小仏さんは四課にいたことがありますか」

暴力団関係を扱う部署だ。石川は小仏の全身を見まわした。

「いいえ。刑事課ではずっと一課でした」

「小仏さんは、ご自分の名前や住所を使っていた者が、暴力沙汰のうえ死亡した。その男が発見された場所の近くで、同じような傷を負った男が遺体で発見された。とても落着いていられないので、ここへおいでになった。なにか思いあたるところがあったので、おいでになったんでしょうね。その思いあたるところを、話していただけませんか」

「名前や住所を使われたので、気がかりになったんです。思いあたるところなんかありません」

「遺体の［太郎］は、小仏さんが刑事だったから名前を使ったのか、それとも私立探偵だからか。どちらだと思われますか」

「分かりません」

石川は不満そうに下唇を突き出した。

「小仏さんは、ホトケさんを直に見るためにおいでになったんですね」

「そういうことです」

「知り合いじゃないかと思われたのでは」

「どんな男なのかを知りたかっただけです」

「死体を直に見る趣味でも？」

「そんな趣味を持ってるやつが、いますか」

「世の中に一人ぐらいは」

小仏は、帰るといって石川に背中を向けた。

マスコミ関係者らしい男女が数人、署の玄関前にひとかたまりになっていた。小仏は彼らをよけるように立ち去ろうとしたが、男の声が掛かった。それを無視するとフラッシュがはじけ、シャッター音がした。

イソは駐車場の隅の車の中にちぢこまっていた。

「よく無事で」

イソは首を伸ばした。「所長は捕まって、もうもどってこれないんじゃないかって思ってた」

「おれが、なんで捕まるんだ」

「所長を見た警官が、死んだ二人の仲間じゃないかって疑えば、今夜は帰してもらえない」

「なんでおれが二人の仲間にみえるんだ」

「一人は、名前と住所を正確に知っていたんだから、所長は二人の関係者なんですよ。だからホトケを見にやってきた。平穏な地域でかつてない事件が起こった。警察は興奮して、目をギラギラさせている。そういうところへ、死んだやつに似た人相のよくない男があらわれた。……警察は、病院で死んだ男が、生きてる人間の名をかたってたのを知った段階から、小仏太郎に注目してたんです」

「面白いのか?」

「面白いですよ。こんな面白い思いは、久しぶりだ」

「ペラペラ、勝手なことを。早く車を出せ」

小仏はノートをイソの頭へ打ちつけた。

「どこへいくの」

「今夜の宿をさがすんだ。メシも食わなきゃ」

「腹がすいてるんなら、エミちゃんがつくってくれたおにぎりがあるよ」

「おまえの飯はそれにしろ」

「所長は？」

「いいうなぎ屋をさがす」

「そうか。浜松にはうなぎ屋がたくさんあって、他所じゃ味わえないような上等なのを食わせる店があるらしい」

細江署の駐車場を出たイソは四、五分走って車をとめると、スマホの検索をはじめた。目を皿にして画面を見つづけていたが、「この店がうまそうだ」とつぶやくと、今度はナビゲーターで店の位置をさがした。小さい声で、「この店がよさそう」などといっていたが、奥浜名湖の舘山寺（かんざんじ）にはホテルがいくつもあるし料理屋もあるといって、川沿いを走った。警察の駐車場にいたときとちがって声がウキウキしている。

「所長」

イソは前方を見ながら声を大きくした。「舘山寺は、観光地ですよ」

「それがどうした」

「温泉があるんです。湖を眺められるでかいホテルがあるんです」

「そりゃあるだろうよ」

「湖の上を渡るロープウェイも」

「遊覧船もあるだろ」

「あるある。あしたは、どっちにしますか、所長」

「どっちも、おれには関係なし」

「ちぇ、まただ。折角景色のいい湖畔の観光地へきたっていうのに。たまには、年に一回でいいから、従業員の慰安に、窓からきれいな景色が見えるホテルに泊まって、朝メシの前に湖畔を散歩して。朝メシはバイキングでしょうね」

「寝言は寝てからいえ。車の運転中につまらんことを考えるな」

「つまらんこと。ああ、嫌になった。夢も希望もあったもんじゃない。毎日がまるで、砂漠を裸足で歩いているようだ」

シタジから小仏に電話があった。調査報告だ。

篠倉涼子は上野の小規模のＩＴ関連企業の社員だったが、一週間前に突然退職を申し出て、次の日から出勤しなかった。退職の意思を社長に伝えたのだが、退職理由については、自己都合、といっただけだった。

その日、仕事を終えてから彼女は、仲よしの女性同僚と食事をした。涼子が同僚を誘ったのだという。

彼女は会社を辞める理由をその同僚に話した。

一か月ほど前に足立区から世田谷区経堂のマンションに転居したので、勤務先と愛知県豊橋(とよはし)市の両親にそれを知らせた。何日か後、彼女の暮らしぶりをマンションの家主にききにきた男がいた。その男は父親だったのを後日彼女は知った。

豊橋市の自転車メーカーの社員の父親は、娘の涼子が世田谷区の住宅街に建つマンションへ転居したことに不審を抱いた。彼女の生活に変化が生じたと感じ取ったので、そっと新住所をのぞきにきて、家主方を訪ねて家賃をきいた。二十万円近いことが分かった。娘の給料が急に二倍にはね上がるわけがなかった。両親は彼女を呼び寄せて、二十万円近いマンションに住めるようになった理由をきいた。彼女はその理由を正直に答えられず、会社を終えてからアルバイトをしていると、曖昧なことをいった。

両親は、実家があるのだからもどってくるようにと説得した。豊橋にも勤め先はあるし、結婚相手とめぐり会える年齢だと説いた。つまり東京で高家賃の部屋に住んでいたところで、将来に希望は持てないはずだ。いまのうちに家庭をつくることを真剣に考えねば、何年か後には後悔するといわれ、親の教えにしたがうことにしたと打ち明けた。

だが涼子は、年齢のはなれている男性と交際し、経済的援助を受けていることは話さなかった。彼女の話をきいた同僚は、高家賃のマンションへ住むようになった生活の変化を想像した。涼子はそれより半年ほど前から、収入とは不釣り合いの服を着て、バッグを持っている日があった。それを横目で見ていた同僚は、涼子のアルバイトの性質をさぐりたがっていた。

「じゃ、篠倉涼子は、豊橋の実家へもどったんだな」

小仏はシタジにいった。

「同僚には実家にもどるといったそうですが、はたしてそうなのかは分かりません」

小仏は水谷に、シタジの報告を伝えた。水谷は、涼子が実家へもどっているかを確かめてくれとはいわなかった。六十五歳の彼は、二十代の女性を自由にしていることに、多少の罪悪感を感じているだろうか。

「今度は、最近横浜へ転居した上山沙穂を調べてください。彼女はデパートの高松屋の社員だが、仕事が忙しいとか、からだの具合がよくないという日が多くなった」

上山沙穂は三十一歳だ。彼女の新住所での生活状態はイソが調べることになっていたが、横着者のイソは、彼女に関するデータをまだひとつもつかんでいなかった。

5

小仏とイソは、遠州湖ホテルに泊まることにした。

そのホテルの隣は客室が百三十ぐらいはありそうな白い八階建のホテルで、各室の半円形のバルコニーが湖のほうに突き出ていた。イソは道路からそのホテルを仰いで、一度はリゾートホテルらしい宿に泊まってみたいといった。

「これから泊まるのも、リゾートホテルだぞ」

「リゾート地に建ってるっていうだけで、隣よりもずっと見劣りするじゃない。メシもまずそうだよ」

イソは、白いバルコニーに立っている女性から目をはなさなかった。

「そうか。じゃ、キャンセルして、今夜は車の中で寝ることにするか」

「ちょっと待ってよ。そんな極端な。一度はこういう高級ホテルに泊まってみたいっていっただけなんだから」

「おまえがいい仕事をして、依頼人から、ずしっとくるくらいの報酬をもらえたら、一晩といわず、四、五泊滞在させてやる」

「そんなこと、起こるわけないよ」

「そういう情けないいいかたをするもんじゃない」

「なんていえば、いいの」

「そういう日はきっとくる。楽しみに待ってるとか」

「そんなことより、いまは、早くうなぎを食いたい」

イソはスマホをさかんに検索していたが、「津串亭（つくしてい）」という店が近そうだといった。

そこは歩いて五分とかからなかった。調理場と思われる窓が一〇センチばかり開いていて、香ばしい匂いの煙を外に出していた。

カウンターの中には肥えたおやじと見習いらしい少年顔の男がいた。二人ともねじり鉢巻だ。目鼻立ちがおやじに似ている二十歳見当の女性が、威勢のいい声で迎えた。彼女は紺とオレンジ色のコンビの前掛けをしていた。奥のテーブル席では、六十代に見える夫婦らしい一組が、黙って重箱のうなぎを食べていた。男はこちら側を向いているが、うまいものを食べている顔ではなかった。

「うなぎには、やっぱり日本酒だな」

小仏は二合徳利を二本頼んだ。

肴は肝焼きときゅうりの浅漬け。

イソはぐい呑みの一杯を音をさせて飲み干すと、自分の盃にだけ酒を注いだ。

「うまい。たまんないね、所長」

「なにがだ？」

「なにがって、酒がうまいってこと」

小仏も手酌でやった。ポケットが振動した。

安間が電話をよこした。彼は小仏を片時も休ませないような男だ。小仏はスマホをつかんで店を一歩外へ出た。

「小仏は、中ノ島豪を憶えているか」

「どこかできいたような名だが」

「本部の捜一にいたが、十年前に退職した」

「それで、なんとなくきいたことがあるような。その男がどうした」

「細江署管内で怪我をして発見され、病院に収容されたが死亡した男に似ているんだ」

「おれの名をかたった野郎」

「中ノ島豪は、静岡県磐田市出身。それを思い出したんで、あす細かいデータを照会することにしている」

小仏は中ノ島と組んで仕事をしたことはなかったが、本部から出向した先や、事件現場などで何度か会ったのを思い出した。小仏同様大柄だったのは憶えている。

小仏はバッグから［太郎］の写真を取り出して、見直した。むくんだ死顔だ。中ノ島は十年前に退職したというから四十歳半ばぐらいだったはずだ。

「そいつの退職理由は」

小仏がきいた。

「それもあした調べる。働き盛りで辞めた男が、そのあとなにをしていたか」

安間は独り言のようないいかたをして電話を切った。

細江署の石川の話によると［太郎］は、上質の青い縞の長袖シャツに紺のズボンで、締めているベルトはイタリア製だったという。特別珍しい服装とは思えないが、それには稼業が映っていそうな気がした。

店へ入り直すと、イソは二本目の徳利を自分の盃にかたむけていた。きょうは車を長時間運転していたので疲れが出たのか、目が濁りはじめている。彼は日本酒に酔うと、居場所を忘れて眠り込むクセがある。

「酒はそのぐらいにしておけ」

「折角、気分よく飲んでるのに、ケチ」

イソは盾を突いたが、口の端に涎がたれかけていた。

「お待たせしました」

コンビの前掛けをした女性が盆に、蓋が朱で下が黒の重箱を二つのせてきたが、それの大きさがちがっている。小仏は自分で注いだ酒を唇に運んだ。と、厚みのあるほうの重箱がイソのほうに置かれた。小仏の前に置かれたほうは、イソのより三分の一ほど薄い。それと蓋の色と艶が異なっている。

濁りはじめていたイソの目が輝いた。

「豪勢ですね。所長」

「なにが?」

「これですよ、これ」

ふっくらとして艶のある蒲焼きがメシの上にのっているのは、小仏のと変わりはなかったが、イソが注文したほうは、松、竹、梅よりも一段上の特松だった。重箱の中心にも蒲焼きがはさまれている二段重ねだった。

「この野郎、人に断わりもなく。普通の人間は、主人よりもいくぶん控え目のものを食うものだが」

「細かいことをいわないの」

イソは、山椒を隅ずみまでかけると、くしゃみをした。

「いままで食ってきた芝川のうなぎが、干物に思えてきた」

芝川というのは、事務所の近くのうなぎ屋だ。そこの蒲焼きを最初に食べたときイソは、『死んでもいい』といってその味をほめたものだ。

「帰ったら、芝川のおやじにいってやれ」

「あのおやじ、首を吊るかも」

イソは重箱の上一段を食べると、もう一段あるといって、小仏に中を見せてから山椒を振りかけた。

イソは、二段重ねのうな重をきれいに食べ終えると、酒の追加を頼んだ。だが、目つきが怪しくなっていた。粘土のような色の徳利が前へ置かれたが、それに手をつけず、小皿の奈良漬けを箸でつまもうとした。だが指先がいうことをきかなくなったらしく、箸を取り落とした。間もなく目を瞑って首を折るか、椅子からずり落ちるだろう。

小仏は冷やしたおしぼりをもらうと、イソのシャツの襟をつまんで背中へ押し込んだ。

イソは、ひゃっと小さく叫ぶと、両手を宙に泳がせた。

「ここで眠るな」

「所長」

喉になにかからまったような情けない声だ。

「なんだ」

「水を。なんだか、この辺が」

イソは胸を上下にさすった。

顔がおやじによく似ている女店員が、水のグラスをイソに持たせた。

「おねえさん」

「はい」

「ありがとう。分かるでしょ?」

「はあ、なにがでしょうか」

「おれはね、毎日、ゆっくりメシも食わしてもらえないの」

「そうですか。お客さん、きょうはゆっくりお召し上がりになりましたよ」

イソは、冷たい水を飲み干すと、ゆらゆらと立ち上がった。

小仏はイソの腕をつかんで歩いた。腕をはなせばイソは道路へ大の字になるだろう。

「所長」

「黙って歩け」

「キンコの店へ、いきましょう」

「キンコの店より、湖へ飛び込め」

「湖へ。なんで」

「そうすりゃ、楽になる」

「人殺し。だれかに、いいつけてやる」

二十分ばかりかかってホテルに着いた。フロントにいた背の高い男性スタッフが駆け出してきて、小仏の肩にぶら下がるような格好をしているイソを支えた。

彼を四階の部屋へ押し込んだ小仏は、五階の自分の部屋へ入ってシャツを脱いだが、今夜イソが単独だったらどうなっていたろうかとふと思った。津串亭は居酒屋ではないので、午後八時ごろには暖簾（のれん）をしまい込むだろう。おやじに顔が似ていた女性は、テーブルに肘をついてうとうとしていたイソに、「お客さん、店を閉める時間ですので」とやんわりいって、勘定させて、「お気をつけて」とでもいって追い出す。イソの脳は思考を完全にとめてしまっているので、どこでなにをしているのかの判断がつかない。たとえ、「今夜はホテルだった」と気付いたとしても、右へ歩くべきか左へいくべきか分からなくなっている。しかし彼は千鳥足で蛇行をはじめた。ただただ眠いので、道路にしゃがみ込むと、そのまま崩れるように倒れたかもしれない。うなぎ屋の前は人通りが少なく、たまに車が通っている。彼がもし、道路に寝ていたら、歩行者に発見される前に車に轢かれただろう。

イソは、身分証明書と名刺を持っているので、勤務先が知られる。川にはまるか湖に落ちたとしても同じだ。

雇い主の小仏と一緒に仕事でここへきていたが、別行動だったとしよう。小仏は何時間も前にホテルにもどっていて、独りでゆっくりと夕食を摂った。うなぎを食いすぎて道端に寝ていたイソは、車に轢かれ重傷を負ったか、または最悪の状態になっていた。こういう場合、小仏の管理不行届を指摘されるだろうか。

翌朝、小仏は七時に目覚めた。

昨夜、イソを部屋へ押し込んでおいたが、そのあとどうしたかを自分の部屋で少しは考えたが、けさはイソのことなど忘れていた。広い窓のカーテンを開けると、目の前が青い湖だった。岸辺には赤や黄の手漕ぎのボートがオブジェのように並んでいた。そのボート脇の岸辺で両手を回転させたり、上半身を前後に折ったりしているTシャツ姿の男がいた。その男は十歩ばかり歩くと立ちどまって、今度は腰に手をあてて上半身をねじり、顔を空に向け、口を開けた。

「イソだ」

小仏は思わずつぶやいた。

イソは昨夜の八時すぎに四階の部屋へ小仏に押し込まれると、靴も脱がずに床に転がったと思う。五、六時間、死んだように眠っていたが、なにかの拍子で目を覚ました。物音ひとつきこえない真夜中だ。靴を脱いですっ裸になってシャワーを浴びたろうか。それともベッドがあるのに気付いたので、そこであおむけになった。ここが舘山寺温泉のホテルであったのが、二度目に目を覚ましたときに思い付いた。彼は八、九時間、熟睡したうえでシャワーを浴びたのだろう。ゆうべはうなぎを食べたことぐらいは憶えているだろうが、蒲焼き重は年に何人かしか注文しないような特松だったのは忘れていそうだ。

第二章　秋の境界

1

小仏は、朝食のレストランへ入る前に、ロビーで地元新聞の朝刊を広げた。社会面には男の顔が二つ並んでいた。［太郎］と［次郎］だ。二人とも死んでいる。身元が不明なので、身内か関係者が名乗り出てくれるのを期待しているのだ。二人が発見された場所は井伊家の菩提寺として知られる龍潭寺北側の草原、となっていた。

べつの新聞には龍潭寺のいわれが囲み記事にしてあった。それによると寺内には左甚五郎の彫刻があり、庭園は小堀遠州作という。この庭園を観賞する人が連日、列をなしているともあった。

レストランではイソが窓ぎわの席で、楊枝をくわえたままコーヒーを飲んでいた。

小仏が近寄ると、

「遅いじゃない。からだの具合でもよくないの」

「おまえは、なにを食っても、なにを飲んでも、丈夫でいいな」

「朝から、また」

レストランの客は比較的若いカップルが多い。夏休みはとうに終わったろうに男と女はどんな職業なのか。学齢前の子ども連れが何組かいた。若い女性の四人組が笑い合っている。壁ぎわの隅の席に六十代に見える男女が向かい合って箸を使っていた。きのう津串亭でうな重を食べていた二人だとすぐに分かった。夫婦なのだろうか。二人には話すことがなくなったように、なんとなくまずそうに箸を動かしていた。このホテルには和食や洋食の店があるが、ゆうべ二人はそこへ入らずうなぎの専門店へいった。小仏の勝手な想像だが、二人が自宅以外のところで食事をすることはめったにないのではないか。まして観光地のホテルに宿泊することなど十年に一度あるかないかでは。きのう津串亭で二人のテーブルをちらっと見たが、たしかそこにはビールのグラスも日本酒の銚子も置かれていなかった。夫婦とも酒とは無縁なのか。夫は会社員だとしたら、毎日、決まった時間に家を出ていき、時計の振り子のごとく決まった時間に帰宅していた。もしかしたら夫は定年で、勤め上げた会社を退いた。それの記念に舘山寺旅行をしているのではないか。

けさの小仏がトレイにのせてきたのは、ロールパン二つ、スープ、サラダ、スライスハム、オムレツ。

「おまえは、毎日が楽しくてしょうがないだろ」

「急になにをいうの。寝てるうちに嫌な報せでも届いたの」

「一年三百六十五日、同じようなものを食って、同じ仕事をつづけている人が、この世には何百万人もいる。その人たちは、雨が降っても風が吹いても、文句をいわず不平を洩らさず……」

「所長は、けさなんかヘンだよ。ゆうべよく眠れなかったんじゃ」

「人の話の腰を折るな」

小仏のシャツのポケットが振動した。電話は安間から。

レストランを一歩出るとメモを構えた。

「中ノ島豪の経歴を読むが、いいか」

「どうぞ」

出生地は磐田市。地元の高校を卒業すると市内の自動車部品製造のカスガ製作所に就職。カスガ製作所を二年で退職。警視庁警察学校入校。卒業配属先は四谷警察署地域課。三年後、杉並警察署地域課。一年後、同署刑事課に転属。二年後、警視庁本部捜査二課、三年後、捜査一課に転属、二年後、巡査部長に昇進。

その間、三十歳で宇野亜澄と結婚。三十六歳で警視庁を依頼退職。退職時の住所＝東京都調布市仙川町二丁目。

中ノ島豪の経歴をきいた三十分後、安間がふたたび電話をよこした。

「けさの新聞を見たという人から細江署に通報があった。通報者は浜松市中区野口町の武田淳子で、新聞の写真の右側の男は、娘の住所で何度か見掛けたことがある人によく似ているといった」

並んでいる写真の右側は［太郎］であって、中ノ島豪によく似ている男だ。

武田淳子の娘は武田鳩絵といって二十八歳。住所は母親淳子の住所から三〇〇メートルほどのマンション。

警視庁刑事部の何人かが［太郎］の写真を見て、以前捜一にいた中ノ島豪に似ているといったことから、細江署も中ノ島豪の身体の特徴とデータを照会しているという。

「警察は、会議や打ち合わせのうえ、野口町の所轄に武田鳩絵の住所確認を依頼したりしているだろうから、午前中に捜査員は動かないと思う。その点、小仏は単独で身軽だから、武田母娘に早く会って、病院で死んだ男の写真を見てもらったらどうだ」

小仏にはイソが付いてはいるが、単独といういいかたがあたっていないことはない。

武田淳子の住所はすぐに分かった。彼女は五十二歳で美容院経営者だった。大柄だ。扁平な顔は大きい。髪を薄く染めている。

「わたしには娘が二人いて、上の子は美容師で、わたしと一緒に店をやっています。下の子の鳩絵も美容師にしようと思っていましたけど、親のいうことをきかず、水商売を転々としていました。最近は落着きが出て肴町の料理屋を任されています。そこがどんな店なのか、わたしは見たことがありません」

彼女は、小仏が出した「太郎」の写真を手に取ると、中ノ島豪にまちがいないと思う、といった。彼は重傷を負って収容された病院で小仏太郎を名乗り、小仏の住所を関係者に話したが、武田母娘には本名を教えていたのか。

淳子は、丈の短い白衣を脱ぐと、鳩絵の住所の正確な地番を知らないので案内するといって、イソが運転する車に小仏と一緒に乗った。

鳩絵の住所はたしかに淳子の住まいと美容院からは南に三〇〇メートルほどで、一階に歯科医院のあるマンションの三階だった。道路をへだてた南側は静岡文化芸術大学のキャンパスだ。

淳子がインターホンに呼び掛けると、鳩絵はすぐに開けた。身長は一六五センチはありそうだ。目のあたりが母親に似ているが、鼻は高く、唇はやや厚い。

彼女は小仏の名刺を受け取ると、

「警察の人がくると思っていました」

といった。私立探偵の訪問は意外だったようだ。

鳩絵は、淳子と小仏をキッチンテーブルに招いた。彼女はけさ、淳子に電話で起こされ、新聞を見なさいといわれた。彼女は半年前から新聞を購読するようになった。それまでは新聞を定期購読することなど考えてもみなかった。きっかけは中ノ島豪の希望だったという。彼とは一年あまり前から親しい関係になった。彼は浜松へくると彼女の部屋に泊まった。その彼が、『子どものころから朝は新聞を読む習慣がついているので、目を覚ますと新聞を見たくなる。新聞記事は政治や経済や社会の出来事だけでなく、暮らしに役立つことも載っている。新聞を読む癖をつけると視野が広くなる』といった。彼はベッドで、三十分以上かけて新聞を読んでいた。

その彼の写真が新聞の社会面に載った。しかも彼女が知らない男の写真に並んでいた。彼は九月十二日に引佐の龍潭寺の近くで重傷を負って倒れていたところを、通りかかった人に見つけられ、病院に収容されたが、十五日に死亡したと記事にはあった。

彼は九月十日に鳩絵の部屋へ泊まった。翌日の午前十時ごろ彼女と一緒に食事をして、昼少し前に出ていった。

「彼は、本名の中ノ島豪を名乗っていたんですね」

小仏が鳩絵にきいた。

彼女はこっくりとうなずいた。その顔は本名を名乗るのは当然ではないかといっていた。

「実は彼は、かつぎ込まれた病院で、小仏太郎と名乗りました。住所は東京の葛飾区。私の名と住所を使ったんです」

「ええっ」

鳩絵は声を出すと、目を丸くして小仏の名刺を見直した。

「中ノ島さんが、小仏という名を口にしたことはありませんか」

「いいえ。他人の名前など」

「中ノ島さんの住所をご存じでしたか」

「東京ということしか」

電話番号でもわかっていれば、正確な住所を知らなくても不都合はなかったのだろう。

「家族は」

「独身だといっていました。一度結婚したことがあるっていいましたから、別れたんだと思います」

彼女はそれを確かめたわけではないだろう。

「浜松へは、どんな用事できていたのかを、おききになっていましたか」

「仕事だっていいました」

「どんな仕事でしょうか」

「会社の業績なんかを調べているって、きいたことがあります。浜松には有名な企業が何社もあるし、その下請け企業もたくさんあるので、毎月一回ぐらいは仕事でくるんだといっていました」

「それなら、勤めている会社か所属先があったはずですが、それは?」

「知りません」

鳩絵の答えをきいていた淳子が、

「あんたもいい加減ね、恥ずかしい」

と、俯いていった。

「鳩絵さんは、龍潭寺をご存じですね」

エミコから、人にきかれたら、その寺の名は以前から知っていたと答えたほうがいいといわれた寺だ。

「知っています。いったことがありました」

この地方で、龍潭寺を知らない人はいないのだろうか。

「中ノ島さんは、そのお寺の近くに用事があったようですか」

「知りません。彼から龍潭寺の名をきいた憶えはなかったと思います」

鳩絵は長い髪を掻き上げると、中ノ島と思われる男は、怪我をして倒れているところを発見されて病院へ収容されていたと新聞には出ているが、どんな怪我をしていたのかときいた。

「からだじゅうを殴られたようです。新聞に写真が載っているもう一人の男も、同じような怪我をしていて、それが死因のようです」

鳩絵は寒気を覚えたのか、胸を囲んで身震いした。

「中ノ島豪さんは、三十六歳まで警視庁の刑事をつとめていましたが、そのことは?」

「刑事さんだったんですか。知りません。きいたことはありませんでした」

中ノ島は殺された可能性があるので、彼の事件を扱う警察は、鳩絵に会いにくるし、この部屋を検べたいというかもしれない、と小仏は丸い目をした彼女にいった。

「いやだ、そんなこと。断わってもいいんでしょ」

小仏は、分からないというふうに首をかしげた。

2

浜松市内の病院で小仏太郎と名乗っていた男と、警視庁保管の中ノ島豪のデータがほぼ合致した。指紋と血液型(O型)。これによって九〇パーセントは中ノ島豪にちがいないということになった。

警視庁は、中ノ島の退職時の住所と家族を確認した。

住所は東京都調布市仙川町二丁目。彼はそこに妻・亜澄と長女・未由希と暮らしていた。妻子は現在もそこに住んでいることがわかったので、調布署員が妻に会った。

警視庁を退職した彼は、千代田区外神田で、友人と事務機器販売会社をはじめたと妻に話していた。だが妻は、その会社を確認したわけではなく、規模についても知らなかった。

彼が警察を辞めるといったとき、妻は反対した。その後の暮らしについて、彼は希望が持てるような話をしなかったからだ。友人と会社をやる。商品の販路も決まっている、といっただけだった。結婚後に建売住宅を買ったので、それのローンが負担になっていた。亜澄は出産によって、それまで勤めていた保険会社を辞めたが、未由希が三歳になると、以前勤めていた保険会社へ契約社員として再就職した。

警察に勤めていた豪は、一週間ほど帰宅しないし連絡もないことがたびたびあった。どんな仕事のために帰宅できなかったなど、話したことはなかった。

彼が警察を辞めるといった次の日、亜澄は磐田市にいる彼の母親の中ノ島あい子に電話で伝えた。あい子は、『そうなの。ちょっと心配ね』といっただけだった。ちょっとどころではなかったが、六十代になっている義母にそれ以上踏み込んだ相談はできなかった。そのころ磐田市の実家は重大な出来事を抱えていたのだが、あい子も、それを知っていたはずの豪も、亜澄には打ち明けていなかった。

事務機器商社をはじめた豪は、毎朝、白ワイシャツにネクタイを締めて出勤した。『普通のサラリーマンじゃないので』といって、半月ごとぐらいに現金を渡してくれた。その金額は一定していなかった。二、三か月経過して、彼から受け取った金額を数えた。警察からの給料とほぼ同額だったが、現金を手渡されることには慣れていなかったので、不安を感じた。

その不安は現実のものとなり、三か月ほど彼は現金をくれなかった。三月の空白の後に持ってきた金額を三で割ってみると、それは警察からの給料よりずっと少なかった。それで会社の業績をきいてみた。『取引先からの入金が遅れていたんだ』と、彼は素っ気ない返事をした。

それから一年ほど経ったある日、彼がハンガーに掛けた上着の不自然な皺に気付いて、それを直そうとした。すると上着はずしりと重たかった。左右の内ポケットに札束が入っていたのだ。亜澄は上着に手を触れたことは口にしなかった。彼は翌朝、左右の胸をふくらませたまま家を出ていった。会社の売上金だろうが、それをポケットに入れて持ち歩いていたのが不審でならなかった。

夫の収入が不安定なことに慣れたころ、彼は何日間も帰宅せず、帰ってきても着替えるとすぐに出掛けるようになった。その不規則が亜澄にはたまらず、帰宅した彼をつかまえるようにして、仕事の内容を尋ねた。

『おれの仕事は当分、この状態がつづくと思う。どうしても耐えられなかったら、別れてくれ』といった。

『あなたは事務機器の販売といってるけど、わたしにはそれは信じられない。警察にいるころは刑事だからと不規則を気にしなかったけど、いまは商事会社の経営者なんでしょ。どうして帰ってこられない日がつづくの』

亜澄がきくと、彼は苦しそうな表情をして、

『会社で、おれだけが特別な仕事をしているんだ』

と答えた。

数日考えたあと亜澄は、自分の母に会って、夫に対する不安を話したし、『別れてくれ』とまでいわれたといった。

『未由希のためには離婚はしないほうがいい。豪さんは警視庁の刑事だったんだから、仕事に関しても能力のある人なのよ。あんたに離婚の意思があるんなら、話はべつだけど』

といわれた。

警察を辞めて五年後、豪は妻と娘の住む家へ寄りつかなくなった。いつの間にか携

帯電話の番号も変えていた。彼が友人とはじめたという会社の電話も使われていない番号になっていた。

しかし彼には収入があるようで、年に二回、彼名義の銀行口座に一八〇万円か二〇〇万円が入金されていた。亜澄と未由希が住まいを失わないようにという配慮とも受け取れた。

亜澄と面接した調布署員は、九〇パーセント以上中ノ島豪とされている男の死因と、怪我をして発見された場所を話した。それをきいた彼女は、『浜松市は、彼の実家の隣の大きな市ですね』といっただけだったという。

イソが運転して助手席に小仏が乗っている車は、新天竜川橋を左岸へ渡った。

中ノ島豪の母親・あい子の住所からは、ＪＲ東海道本線の列車が見えた。南北に中学校と小学校のある一角で、以前は隣接地で父親の長治（ちょうじ）が印刷所をやっていたことが分かった。印刷所はなくなって、現在は住宅が建っている。あい子は、小ぢんまりとした二階屋に一人で住んでいることになっている。

中ノ島豪の妻・亜澄に会って話をきいた調布署員の報告によって警視庁は、豪の事件を独自に調べることにした。彼には最近も、妻と娘の暮らしを支える意思があってか、まとまった金額を送っていた。彼のその収入はまともに働いた報酬や、正規のルートを通って商品を売って得たものとは思えない。彼は闇社会や地下組織で動いていたにちがいなかった。彼が得ていた収入と、重傷を負って草原へ棄てられていたこととは無関係ではなかろうと警視庁は、彼がやっていたことを極秘につかむ必要を感じた。

『警視庁を退職してからの中ノ島豪が、どこでなにをやっていたかを調べてくれ。調査依頼は警視庁だ』

小仏はけさ、安間に電話でそういわれた。

玄関の柱で錆びついたようになっているインターホンを押すと、女性のかすれ声が応じた。くもりガラスをはめたドアを開けたのは中ノ島あい子だった。染めた髪が伸びて、根元の髪が白かった。いくぶん猫背だが、七十歳にしては上背がある。

小仏は単刀直入に、豪のことをききたいと告げた。

「豪のことを」

彼女は激しくまばたきをした。

「きょうは、豪さんのことを、どこかからきかれませんでしたか」

「いいえ、どなたからも」

小仏は、コンビニで買った地元紙の朝刊を彼女に見せた。

彼女は小仏を玄関の上がり口へ腰掛けさせると、「メガネを」といって膝を立てた。

「どちらかが、豪さんに似ていませんか」

新聞の社会面トップには、同じサイズの顔写真が並んでいる。眉間を寄せたあい子は板の間に新聞を置くと、メガネをはずして小仏の顔をにらみつけた。にらみつけている目がたちまち涙をためた。

小仏は、ノートにはさんでいた写真をあい子に向けた。細江署の石川から借りたものだ。病院での手当ての甲斐がなく死亡した男である。

「豪さんですね」

あい子は唇を噛んで首でうなずいた。その拍子に目蓋の涙が、音をさせるように彼女の膝にこぼれ落ちた。

目下警視庁が、豪であるかどうかの確認作業をしている、と小仏がいうと、あい子は肩を波打たせ、声を洩らした。

彼女は十分あまり泣いていた。何度も何度も手で涙を拭った。噎せて苦しげな咳をしたあと、手の甲で涙を拭うと、

「あなたを見たとき、豪かと思いました」

そういってから、ひとしきり俯いていた。

「豪さんとは、最近お会いになりましたか」

「たしか七月の半ばでした。急に降り出した雨に遭って、ここへ飛び込んできまし

た」

あい子と一緒に遅い昼食をして、『浜松で仕事がある』といって、夕方出ていった。それきり連絡はなかったという。

「きょうのこと、東京の亜澄さんにはお話しになりましたか」

きょうのこととは、豪の災難のことだ。

「警察が知らせました。奥さんから、豪さんが警察を辞めてからのことをきいていますが、ここ五年ぐらいの間、自宅に帰らないし、なんの連絡もなかったそうです。豪さんは、こちらにときどきお寄りになっていましたか」

「年に一度か二度でした。豪には娘が一人いますが、七月にきたときの話では、五年ぐらい会っていないといっていました」

「私は五年前まで警視庁にいました。豪さんとは一、二度会ったことがありましたが、会話したことはなかったと思います。豪さんは、十年前に警視庁を辞めましたが、その後のお仕事を、お母さんはご存じですか」

「役所や会社へ、事務器を売る会社をはじめたという話をきいた憶えがありますけど、それがどんな会社なのか、最近もつづけているのか知りませんでした」

「東京の亜澄さんや未由希さんとは、お会いになっていましたか」

「いいえ、亜澄さんはここへは二度きたきりです。豪がいけないのでしょうけど、わたしたちのことを気にかけるような女性ではありません。何年か前、豪が何か月も帰ってこないが、それを知っているかと電話をよこしました。そのあとは連絡を取り合っていません」

「豪さんには、自宅があるのに」

「警察官になったので家を買うことができたんです。それなのに、家へ帰らないなんて」

「奥さんとの仲は、どうだったんでしょう」

「どういうわけか豪は、自分の家族のことをほとんど話しませんでした。ああいうのを家庭的でない男、というのでしょうね」

「ご自分の家には帰らないが、こちらへはたまに寄っていた。お父さんとお母さんのことは気にかけていたのではないでしょうか」

小仏はそういってから、あい子が独り暮らしなのを思い出し、彼女の夫であり豪の父親のことに話を触れた。

あい子は下を向いて口元を曲げていたが、

「お恥ずかしいことですけど、お話しします」

といって顔を上げた。

中ノ島長治は、浜松市生まれで、中学を出ると市内の印刷会社に就職した。二十四歳で一歳下のあい子と結婚した。彼女は長治が勤めていた印刷会社の取引先である紙器製造会社の社員だった。

長治は印刷業での独立を計画していて、どこで印刷所をはじめるかをあい子にも相談していた。そのことをあい子は自分の両親にも話していたので、父親が磐田市で印刷所をはじめないかと話しを持ち掛けた。あい子の父親は磐田市役所の職員で、長治が独立すれば、印刷物を発注できるともいった。

長治は乗り気になって、設備のことなどをあい子の父親に相談していた。

小規模だが長治の印刷業独立は実現した。勤めていた会社からの下請受注も可能になった。［中ノ島印刷］という小ぶりの看板を出すと、それの前へ夫婦で並んで記念写真を撮ってもらった。

印刷所以外の収入がないのは、家計を支えるあい子には不安だった。彼女は自転車を漕いで営業にまわった。この活動は実って、付近の学校や商店からも印刷物の注文がもらえた。新聞に折込むチラシの注文が多くなり、中ノ島印刷は機械の音がやむひまはなくなった。若い男の従業員を雇った。残業の日が多いし、配達もあるので、従業員は音を上げて辞めるのだった。

磐田市の北側の周智（しゅうち）郡森町（もりまち）生まれの菊池修（きくちおさむ）を住み込みで雇った。中学を卒（お）えたばかりで坊主頭をしていた。菊池は辛抱強くて、深夜までかかる仕事もいとわなかった。

長治が四十代半ばになったころ、中ノ島印刷の業績は伸び、経済的に余裕が出てきた。彼は菊池を「おさむ」と呼んで、月のうち何回か浜松市の繁華街の店へ連れ立って飲みにいくようになった。そして印刷所は日曜と祝日は休業と決めた。

長治は、まるで休日を待っていたように、朝食もそこそこに出掛けることがあり、その日の夜は酒に酔って帰宅した。たまにあい子は長治の耳が痛むようなことをいったが、彼は生返事をしていた。

菊池修は、磐田市内の菓子店の娘と恋仲になり、長治とあい子を媒酌人として結婚した。彼はいずれ、印刷業で独立するという希望を持っていた。

長治は、自分の息子の豪を跡継ぎにするつもりだったが、『うちのような小規模な印刷業に将来はない』などといって、高校を卒業すると浜松市内の自動車部品製造会社に就職した。そこに二年勤めて辞めると、警官を希望して警視庁の試験を受けて、警察学校へ入った。このころから長治は豪を見はなした格好になったし、豪のほうも父親の意見を耳に入れなくなった。

六十歳になった長治は、風邪や腹痛のさいに診てもらっていた近所の内科医院の医師に、『少し痩せたし、なんとなく元気がない』といわれて、落ち込んでいた。医師は、『一度、病院で細かい検査を受けたほうがいい』とすすめた。それで医師の見立てにしたがって、浜松市の遠州病院のドックを受診した。その検査で、食道と胃に悪性腫瘍が見つかり、そこを取り除く手術を受けた。

『悪いところを切り棄てたので』といって、手術前と同じようにタバコを吸い、酒も飲みはじめた。だが、疲れやすいといって、夜は仕事場へ出なくなった。趣味を持たなかった長治は、夜が退屈らしく、タクシーを拾っては浜松の肴町辺りへ飲みにいっていた。

そのころから中ノ島印刷の受注量は減りはじめていた。たとえば企業からの便箋や封筒の量は少なくなり、書籍類の刷り部数は激減した。いずれ独立をと考えていた修は、『この業種の見通しは立たない』とあい子にいった。

長治が六十一歳の秋である。週に一度は夕方になると、こそこそと着替えをして出掛けていた彼が、帰宅しなくなった。あい子は彼の携帯に電話した。と、使われていない番号になっていた。目の前が急に暗くなった彼女は、仕事場にいる修に話した。

『毎週、浜松へ飲みにいっているようだったけど、好きな人でもいるんじゃないかしら』

修は瞳を動かしたが、『おやじさんにかぎって、そういうことはないと思います』と答えた。

修は長治に連れられて何度かいったことのあるスナックを憶えていた。その店には二十代と三十代のホステスが五人いた。その五人はかわるがわる長治の横にすわって、長治よりも強そうな飲みかたをしていたのも、修は憶えていた。

長治は三日間、音信不通だった。いままで夫の行動にあまり口をさしはさまなかったあい子だったが、顔色を変えて、『警察に届けたほうがいいかしら』と修に相談を持ちかけた。

『警察に……。東京の豪さんに話してからのほうが』


豪に電話すると、彼はその日のうちにやってきた。


修は豪に一年ぶりに会った。豪はひとまわり大柄になったように見えた。目つきが鋭くなり、話しかたも以前とは変わっていた。『なぜ三日間も放っておいたんだ』豪はあい子と修の顔をにらんだ。

豪は、修の話をきくと、『浜松のその店へいってみよう』といって、修を急き立てた。

3

肴町の［ありす］というスナックの女性たちは修を憶えていて、『しばらくね』といって迎えた。

修は豪のことを、『おやじさんの息子』と紹介した。

『そういえば目のあたりが、似てる。長治さんはここへくるたびに、息子は警視庁だぞって、自慢してた』

『長治さんに似ず、大きいのね。ちょっと恐い感じがするけど』

『男は、恐いぐらいがいい』

女性たちは勝手なことをいって笑いながら、ビールを注ぎ合った。年嵩の麻美が、

『長治さん、しばらくおいでにならないけど、からだの具合でもよくないの』と、修にきいた。

長治の話が出たので、修と豪は麻美に、この店で長治と特別親しくなった女性はいるかとさぐりを入れた。彼女は、『うちの店にはそういう子はいないと思う』と答えた。麻美は、修と豪が知らなかった長治の一面を知っていた。長治は何年も前から休日にオートレース場へ通っていたというのだ。最初はだれかに誘われて、二、三レースに賭けていたのだが、バイクの轟音とスピードと特有のにおいに惹きつけられた。彼は休日を待ってオートレース場へ通いつめるようになり、勝ち負けの興奮に酔っていると語ったことがあったという。

修と豪には麻美が語る長治は、まるで別人だった。長治は最終レースまでいて、賭け金を五、六十万円使うこともあるといった。

浜名湖には競艇場がある。長治はそこへもいってレースに賭けてみたが、オートレ

ースのような魅力は感じなかったと語っていたという。

修と豪は帰宅すると、麻美からきいたことをあい子に話した。

『オートレースにいっているなんて、一度もきいたことがない』

彼女はあきれ顔をしたが不安を募らせてか、身震いした。

翌日、所轄の磐田警察署に長治の捜索願いを出した。

あい子の不安は現実になった。浜松市内の金融業の男からあい子に電話があって、『長治さんは自宅にいますか』ときかれた。彼女はそれに答える前に男の用件を尋ねた。

『中ノ島長治さんのケータイが通じなくなっています。住所や電話番号を変更したら、それをすぐに知らせることになっていたもんでね』

男の声は太くなった。あい子は正直に、何日も前から長治は帰宅しておらず、行方も分からないといった。

電話の男は三、四時間後、あい子を訪ねてきた。貸し金の返済日に入金がないので連絡したということだった。長治は三年あまり前からその男がやっている金融会社を利用しており、元金の一部を返済したり、利息を納めたりしていた。元金の借り増しをすることもたびたびあって、貸し金の額は三百万円を超えていた。

それをきいたあい子は腰を抜かした。印刷業の売上げは年々少しずつ減ってはいたが、赤字にはなっていなかった。新しい印刷機を入れたさい、地元の信用金庫から借入れしたが、それは春までに完済していたし、他に借入れはなかった。取引先からの未回収はないし、小規模ながら堅実な経営がつづいていた。

したがって長治の借金は、賭け事への資金だったにちがいないということになった。金融業の男は、長治のいままでの取り引きに免じてあと一週間の猶予を与える。その間に長治が訪れるか返済がなかった場合は、あい子に借金の肩替わりをしてもらいたいといった。

そのことがあった四、五日後、浜松市内の消費者金融会社から、長治から貸金の返済がないし、ケータイが通じないという電話をあい子は受けて、床にすわり込んだ。長治はその会社から二百万円を借入れ、毎月、利息を入金していたことが分かった。後日、その会社からの借入額を、妻のあい子が肩替わりして返済する契約をした。彼女は修にも東京の豪にも、そのことを話した。豪は、『おやじはべつのところからも借りている可能性がある』といって、次の日曜にやってきた。

豪は自宅にいた修を呼びつけ、あい子と三人で額を突き合わせた。

『修さんはすぐに、適当な場所を見つけて、ここの設備をそこへ移すといい。そこで修さんが印刷所を開業するんだ。設備は、長年勤めてくれた退職金と思ってください。それを早速やらないと、金融業者に差し押さえられることが考えられる』

中ノ島印刷廃業の案だった。豪は父の長治が、家族と事業と人格を放棄したのを悟ったのだ。

その後、十日ばかりのあいだにあい子の見知らぬ男が一人ずつ合計四人が訪ねてきた。その四人は磐田市内と浜松市内で小規模な会社や商店をやっている人たちだった。その四人はオートレース場で長治と知り合ったといった。彼は四人から数十万ずつ借金をしていた。正式な借用証などはないが、四人とも長治の名刺の裏とポケットノートに現金を融通した日時をメモしていた。その借金もあい子が返済することにした。

長治は借金を返済するメドが立たないのを苦に、自殺したことも考えられた。

長治が行方不明になって半年後、豪は警視庁を退職した。不始末があったわけではない。同僚の何人かからは、『再就職しても、警察に勤めていられないことでもあったんじゃないかって、白い目でみられるぞ』といわれた。彼は同僚のだれにも、父親の失踪と実家の家業の廃業は話さなかった。『辞めてどうする』ときいた同僚には、『友だちと小さな会社をやっていくつもり』と、曖昧な返事をしていた——

小仏はあい子にきいた。

「長治さんの行方不明と、豪さんが警視庁を辞めたこととは、関係がありますか」

「あります。夫の借金はわたしが肩替わりしましたけど、わたしにはそれを返していける能力はなかったので、豪が肩替わりしてくれたんです」

「何百万円もの借金を、豪さんはきれいに清算されたんですか」

「払いきってくれたのだと思います。わたしに対して借金の催促をする人はいなくなりましたので」

「警視庁を辞めたあとの豪さんがやっていた仕事を、お母さんはご存じですか」

「事務器を売る会社とかときいたことがありましたけど、それが東京のどこにあるのか、何人でやっているのか知りません」

「豪さんは、お父さんが遺した借金を清算したし、奥さんと娘さんのために、まとまったお金を振り込んでいました。自分の生活費もかかるのに……」

「会社が儲かっていたのか、それとも一時、人に借りたか」

あい子は頰に手をあてて首をかしげた。

「警察に勤めていては、お父さんがつくった借金は返せないが、辞めればなんとかなるという算段があったんじゃないでしょうか」

「分かりません。警察に勤めていたときもそうでしたけど、豪は仕事のことをほとんど話しませんでした。警察学校へ入っているあいだ、辛いこともあるんじゃないかってきいたことがありましたけど、どこでなにをやっても辛いことはあるよ、なんていっていました。憧れてなった職業なので、そういっていたのかもしれません」

小仏は思い付いたことをメモしたノートをポケットに収めると、

「長治さんの消息に関する情報は伝わってきませんか」

「どこからも入ってきません。はたして……」

彼女は喉をのぼってきた言葉を呑み込んだようだ。

小仏は、ノートを取り出すと菊池修の住所と電話番号をきいて控えた。

廊下の奥で電話が鳴った。あい子は奥のほうへ首をまわしてから立ち上がった。

小仏は、彼女の電話がすむのを待つことにした。

あい子は掛かってきた電話に五、六分話していたが、たたんだタオルを口にあててもどってきた。

「菊池からでした。たったいま新聞の写真を見て、もしかしたらと思ったといって」

彼女は菊池修と電話で話しているうちに、あらためて涙をこぼしたようだ。

「菊池には、小仏さんがおいでになっていることを話しました」

小仏はうなずくと、これから菊池修を訪ねることにするといった。

「気の小さい、真面目な男です」

彼女は、タオルの中でいった。これからは菊池を息子のようにして暮らしていくのではないだろうか。

菊池修の印刷所は［竜洋社（りゅうようしゃ）］という青い看板が目印だった。ガレージの白いライトバンにもその社名が入っていた。ガラス越しになにかをこすっているような忙（せわ）しない音が道路に漏れていた。音をきいていると盛況のようである。

白い紙が風を起こしているように滑り出ている機械の前に男が二人立っていた。面長の痩せぎすのほうが菊池修だった。二十歳前と思われる男の顔は修に似ていた。息子にちがいないと思った。

修はさっき中ノ島あい子に掛けた電話で、小仏の訪問を予期していた。

「ここは音がうるさいので」

修は小仏を、印刷所に隣接する自宅へ案内した。彼が通した部屋には、小ぶりながらしゃれた柄のソファが据わっていた。

「お子さんと一緒にやっていらっしゃるんですね」

小仏は竜洋社のことをいった。

「息子は小学生のときから印刷所に出入りしていて、中学のときは仕事の手伝いをしました。高校生になったとき、将来の進路について希望をきいたら、うちの仕事をやりたいといいました。小さな印刷所の将来は決して明るいものではありませんが、息子なりにやりたい夢があるようだったので、高校を出ると、私と一緒に」

修は印刷所のほうへ顔を振り向けた。

小仏は、いい息子に育てたと、修と妻をほめた。

グレーのシャツにジーパン姿の妻がお茶を出した。菊池夫婦には、家業に就いている長男の下に女の子が二人いるという。

小仏は、菊池を訪ねた目的に話を触れた。

「長治さんがオートレースに凝っていたのを、菊池さんは知っていましたか」

「奥さんにも、ほかのだれにもいわないことにしていましたが、うすうすは知っていました。しかし借金までしてレースに賭けているとは思いませんでした。私は豪さんにいわれました。毎日一緒にいて、おやじのやっていることに気付かなかったのかと。……一日に何十万円も賭けるのを知っていたら、その資金について、おやじさんにきいたと思います。私は、遊び程度にしかみていませんでした」

「あなたは賭け事をおやりにならなかった」

「パチンコを二度ばかりしましたけど、面白いとも思いませんでしたし、そのほかはまったく」

長治がいなくなって十年あまりの年月が流れたが、その間に、彼の消息に関する情報が耳に入ったことはないかと小仏はきいた。

「ありません。奥さんからも豪さんからも、おやじさんの行方について私には知っているこ とがあるんじゃないかと思われているようでしたが、まったく分かりません」

「いなくなる予兆みたいなことを、感じたことは？」

「そういうことがあれば、奥さんにも豪さんにも話しています」

「推測で結構ですが、長治さんはどうしたと思いますか」

「根は真面目な人ですので、賭け事に凝って借金がかさんでしまった。印刷所の売上げではその借金を返していけない。それを思いつめて、どこか遠方へでもいって、自殺したんじゃないでしょうか。生きていれば、なんらかのかたちで身内にはそれを知らせたと思います」

健在ならば長治は七十一歳だ。そろそろ働けなくなっている。頼れるものも失くなって、妻子のもとへもどってくることも考えられる。

「豪さんは、長治さんがいなくなった半年後に、警察を辞めましたが、そのあとはなにをしていたかご存じですか」

「友だちと会社をやっているようなことをきいていましたが、その会社の内容なんかも知りません」

「警察を辞めてからの豪さんには、何度かお会いになっていますね」

「会っています。ここを見にきたこともありました」

長治がつくった借金をあい子が肩替わりしたが、彼女にはそれの返済能力がないと知ったからか、今度は豪が肩替わりした。警察に在職中なら、債権者に対する信用性はある程度高かろうが、フリーになった場合は保証能力が疑われる。そういう彼が、父親の借金を払いきってしまったようだ。あい子の記憶だと、そう何年も経たないうちに完済したようである。

はたして豪は、事務機器販売の会社を友人とともに経営していたのだろうか。豪の言葉どおりなら、彼は母親のあい子に会社名とその所在地を教えたはずであるし、菊池にも名刺ぐらいは渡していただろう。

菊池は、長治が借り入れしていた金融業者の名称も所在地も知らなかったので、小仏はあい子を再度訪ねた。浜松市の二か所の金融会社と、オートレースで知り合って、資金を融通してもらっていたという四人の名と住所をきいた。

4

イソにビジネスホテルをさがさせた。

「浜松駅のすぐ近くに、でかいホテルがあるじゃない。あそこがいいと思うけど」

イソがいうのは高層のアクトタワーのことだ。

「ああいうでかいホテルは、出入りするのに時間がかかる。それに、おれたちにはあの高級ホテルは似合わない」

「駅にも中心街にも近いから、なにかにつけ便利じゃない」

「おれたちには車があるんだから、駅に用はない。中心街に近いって、なにが目的なんだ」

「どこへいくにも便利じゃないかっていうこと。分かってるでしょ、いちいち」

「おれは、ビジネスホテルをさがせっていったんだぞ」

　イソは四、五分スマホを検索していたが、不満そうに唇をとがらせてハンドルをにぎると、浜松駅脇のガードをくぐった。駅南大通を三〇〇メートルほど走って車をとめた。小ぢんまりとしたホテルの前だ。「ここでいいか」というふうにイソは黙っている。電柱の住宅表示は砂山町(すなやまちょう)となっていた。

「よし。駐車場へ入れ」

　十台は収容できそうな駐車場には乗用車が三台入っていた。それぞれの車のナンバーは品川と横浜と名古屋だった。

　車を降りると微風が香ばしい匂いを運んできた。駐車場の横がうなぎ屋だ。

「今夜は、あの店にするか」

　小仏はうなぎ屋のほうを指差した。

「所長はそうしたら。おれはもう、うなぎだけは食わない」

「きのうの店のより旨いかもよ」

「やめて。当分、うなぎの話はききたくない」

彼の胃袋には、きのうの二段重ねが居据わっているのではないのか。

ホテルのチェックインをすませると、警視庁の安間に電話した。中ノ島豪の母親と元中ノ島印刷の従業員だった菊池修からきいた内容を報告した。

「中ノ島豪は、家族にも母親にも、警察を辞めてからの職業を隠していたようだが、母親はほんとうに息子がやっていたことを知らなかったんだろうか」

安間は首をひねっているようだ。

「おれも家族や母親の話を、一〇〇パーセント信用しているわけじゃない」

「中ノ島は、何年も経たないうちに父親が遺した借金を返済している。それについて家族が疑いを持たなかったとは思えない。母親は借金が消えて、ほっとしただろうが、息子の仕事には不審を抱いていたんじゃないかな」

小仏は、今夜も中ノ島の足跡を追うことにしているといった。

小仏とイソは、ホテルのすぐ近くの居酒屋で腹ごしらえをすると、浜松駅の北口に出て、松菱(まつびし)通を北へ歩いた。以前は駅の近くに松菱というデパートがあったので、主要道路にその名が付いているのだという。

「なんていう店をさがしてるの、所長」

千歳町(ちとせちょう)、鍛冶町(かじまち)を通りすぎて肴町に入ると、イソの目はネオンの光を吸って輝きはじめた。浜松一の繁華街だ。「ありす」というスナックだと小仏は教えた。

イソは、昼間とは別人のようになって、ネオン街の両側に首をまわした。タクシーを降りた三人連れの男が入ったビルの入口で、イソはネオン看板をじっと見つめた。そのビルには三十軒ぐらいの店が入っているようだ。奥のエレベーターからピンクのドレスの女性が小走りに出てきた。イソはその女性に話し掛けた。

「ありすの場所が分かりましたよ、所長」

イソは白い歯を見せた。映画館の隣のビルだという。

「いまの女のコ、名刺をくれました。ありすで一杯飲(や)ったあと、寄ってくれっていわれました」

「ありすのあとといわず、おまえはそのコの店へいけばいいのに」

「なんだか、おれが邪魔みたいないいかた」

ありすは、ビルの三階で、コーヒーのような色の木製ドアに店名を金色で入れていた。

ドアを開けると同時に複数の女性の声が、「いらっしゃいませ」といった。店内は鉤の手になっていて、カウンターのなかに女性が四人並んでいた。入ってきた二人の男が常連でなかったからか、四人は押し黙って、二人の風采を吟味した。ほかに客はいなかった。この店は夜が更けてから混むのだろうか。

小仏とイソは、カウンターの中央部の椅子にすわった。すぐに小仏がビールをもらい、四人のホステスの顔をひとわたり見てから、ビールを一緒に飲んでくれといった。

彼女らの表情が一斉に和んだ。

いちばん奥にいる女性は四十代だろうが、あとの三人は二十代に見えた。

「お客さんは、たしか、初めてだと思いますが」

年嵩の女性が、グラスを持ったままさぐりを入れるようないいかたをした。

「初めてです。ここのことを中ノ島からきいていたが、くる機会がなくて」

小仏が思いつきをいった。

彼女は、「ひゃっ」と声を出すとグラスを置いた。目玉がこぼれ落ちそうな目をした。

「あなたは麻美さんですか」

「麻美です。わたしのこと、中ノ島さんからおききになったんですね」

「中ノ島豪からききました」

麻美は、背中に冷たい物でも入ったように肩を縮めた。

「けさの新聞を見ましたね」

「新聞も見ましたし、テレビも」

「新聞に載った写真を見て、豪だと分かったんですね」

「はい。体格から豪さんにまちがいないと思いました」

「新聞社か警察に、知っている人だと思うと、連絡しましたか」

「いいえ、そんな……。あとでいろんなことをきかれるかもしれないので」

彼女は、新聞の写真の男は中ノ島豪にまちがいないのか、ときいた。

「まちがいなさそうです。ところで……」

目尻に二本ずつ線を引いたような皺が見える麻美に小仏は、豪の父親を知っていたはずだがときいた。

麻美はうなずいた。豪の父親の長治は十年ほど前まで、月に二、三度はここへ飲みにきていた。その長治が一か月ばかりあらわれなくなったところへ、長治と一緒に飲みにきたことのある菊池が、豪を伴ってやってきた。二人がやってきた目的は意外なことだった。長治がいなくなったといった。麻美は豪にきかれて長治に関することを話した。

二度目に豪があらわれたのは、一年ぐらい経ってからだった。麻美は、『長治さんはどうされましたか』ときいた。すると豪は、『依然として行方不明だ』と、ぶっきらぼうないいかたをした。その後豪は、年に二回は独りでやってきて、いつもカウンターの端で、麻美以外の女のコとはほとんど会話をせず、ウイスキーを二、三杯、ロックで飲んで出ていったという。

「長治さんがいなくなったあと、豪は警察を退職しましたが、それは?」

「豪さんにききました」

「辞めた理由をききましたか」

「わたしが、警視庁の刑事だったし、長治さん自慢の息子だったのに、なぜってききましたら、警察は一般の人が想像しているような社会じゃない。憧れて警官にはなったけど、おれの性格には合っていなかったなんて」

「警察を辞めたあと、なにをしていたか、知ってますか」

「東京で小さな会社をやっているといっていました」

「その会社の名刺をもらったことは?」

「ありません」

「浜松へはちょくちょくきていたらしいが、その用件をきいたことはありますか」

「仕事できたというだけでした。会社の取引先があったんじゃないでしょうか」

この店へは年に二回ほどきていたというが、服装はどんなだったかときいた。

「地味でしたけど、いい服とシャツを着ていました。『豪さんておしゃれね』っていったことがあります」

「金まわりがよさそうでしたか」

「さあ、それは……。ここの勘定は、いつも現金で払っていきましたけど」

豪には武田鳩絵という愛人がいた。彼は浜松へくると彼女のところへ泊まったということだった。そういう人がいたのを知っていたかを小仏はきいたが、麻美は豪の個人的なことはまったくというほど知らないという。

「この店は、麻美さんがやっているんですね」

小仏は、ウイスキーの水割りを頼んだ。横にいるイソは四人のなかで最も若そうな小顔の女のコと、小さな声で話し合っている。彼女はときどき歯を見せて笑った。

「ここにはママがいます。ママは二年ぐらい前から病気がちになったので、古株のわたしが任されているんです」

麻美はそういってから、頬に人差指をあてて考え顔をしていたが、「わたし、豪さんに疑われていました」

と、眉間に皺を寄せた。

「なにを、疑われて？」

「長治さんの行方についてです。長治さんはわたしに会いに、この店へきていたんだと豪さんは思い込んでいたようでした」

「そうではなかったんですね」

「長治さんはわたしのことを、気に入ってくださってはいたようですけど、特別な間柄ではありません。何度か一緒にお食事をしたことがあっただけでした」

「豪は、あなたが長治さんが行方不明になった原因や、どこへいったのかを知っていそうだとにらんだんでしょう」

彼女は小さくうなずくと、鍛治町に［献矢］という料理屋があるが、長治はそこで飲み食いしていたのを、つい最近になって思い出したといった。

5

イソは、小顔で八重歯の若い女のコとカウンター越しに、何年も前から知り合っていた者同士のように笑い合っていた。

小仏は横からイソの足を蹴った。

「いてぇ、なんだよ」

「いつまでも、へらへら喋ってるんじゃない」

「なに、急に。所長だって、親しそうに話し合ってたじゃない」

「仕事中だってことを、忘れるな」

「仕事なの、これ」

イソはなぜなのか、ポケットからスマホを取り出した。時刻を見たようだ。小仏へのあてつけにちがいない。

「これからいくところがある。おまえはホテルへもどって寝てもいいが」

小仏は椅子を立つと、麻美に一万円札を渡した。彼女は頭を下げて受け取って、ポチ袋を小仏の掌にのせた。釣銭が入れてあるのだろう。

「またお待ちしています」

麻美にそういわれたところへ、三人連れの客が入ってきた。常連のようだ。一人は鼻歌を口ずさんでいた。

「まだ仕事なの」

イソは、いま出てきたビルを見上げた。

「ぐずぐずいうな」

「どこへいくの」

「鍛冶町の献矢っていう料理屋だ」

イソはスマホの画面を指先ではじいた。

「あった」

その店へは五、六分で着くことができた。ウインドに代表的な料理の見本が並んでいた。入口の格子は朱塗りである。

「高そうな店だよ」

格子戸を開けて入ると、奥を隠すように衝立があって、それにはダルマが大きく描かれていた。

薄い色の和服を着た女性に案内された席はテーブルの個室だった。

酒と魚の干物を頼むと、十年ほど前までこの店の常連だった客のことをききたいというと、女性は支配人を呼ぶといって、目つきを変えて去っていった。

すぐにやってきた支配人は六十歳見当の丸顔の男だった。

注文した料理が運ばれてくると、支配人が小仏とイソに酒を注いだ。

小仏が渡した名刺を見直した支配人は、

「警察の方かと思いましたら、探偵事務所の」

といって、二人の顔を見比べた。

十年ほど前まで、中ノ島長治という男が食事にきていたと思うが、と小仏がいうと、支配人は顔を曇らせた。その表情で長治を憶えていることが分かった。

「いいお客さまでしたが、どうされたのか、ぴたりとお見えにならなくなりました」

長治を最初にここへ連れてきた人はだれだったかを、小仏はきいた。

「坂口(さかぐち)さんといって、自動車の内装材メーカーの社長さんです」

坂口という姓に記憶があったので、小仏はポケットからノートを出した。長治の妻のあい子からきいた四人のなかの一人が坂口姓だった。長治がオートレースに賭ける資金を貸したことのある人だ。

イソが手酌でやろうとしたのを見た支配人は、あわてるように銚子を持って、二人の盃に注いだ。

「中ノ島さんは、十年前に行方不明になりました。日曜の午前中に自宅を出て、それきり帰ってこなくなったんです。あとで分かったことですが、その日も、オートレース場へいったものと思われます。中ノ島さんがオートレースに凝っていたのを、家族は知らなかったようです」

「中ノ島さんがここへお見えにならなくなったのが、十年前……」

支配人は丸い顎に手をあてて首をかしげていたが、

「じつは当店の女性従業員の一人が、ある日から出勤しなくなりました。電話も通じないので、同僚が自宅のアパートを見にいきました。見にいった同僚は驚いて私に電話をよこしましたが、その従業員は一週間ばかり前に、そこを引っ越していたんです。どこへ転居したのか、アパートの大家さんも知らないということでした」

「その後、その女性従業員は？」

小仏がきいた。

「連絡がありません。その従業員の実家は、北区の引佐町というところなので、両親に連絡しました。両親も彼女が引っ越したことを知らないようでした」

その従業員からは以後連絡はなく、どこへいったのかも分からないままだという。

小仏は、だれにもなにも告げずに出勤しなくなった女性従業員の氏名と実家をきいた。

名は田川侑希（たがわゆうき）。失踪当時二十六歳。実家は浜松市北区引佐町田畑（たばた）。実家は農業で、そこには両親と侑希の弟が住んでいたという。念のために引っ越し前の住所もきいた。

「田川さんは自分の意志で引っ越したのですから、家出人とはいわないし、事件に巻き込まれたのでもなさそうです。彼女の両親は警察に捜索願いを出したでしょうか」

「出していないと思います。いずれ実家には連絡があるだろうと、両親は期待していましたので」

「実家には連絡があったでしょうか」

「どうでしょうか。私からは問い合わせてはおりません」

「中ノ島さんがいなくなった時期と重なっていますか？」

小仏は支配人の顔を見つめた。

「田川の行方については、従業員と話し合いをしましたが、お客さまの中ノ島さんとどうのといった者はおりませんでした。二人がいなくなった時期が、たまたま近かったというだけで、二人は関係はなかったと思います」

支配人は首を左右にかたむけながら答えた。

小仏と支配人の会話をききながら、手酌でちびりちびり飲っていたイソだが、新たに肴をオーダーした。

ガラスの器には黄金色のものが盛られていた。半透明の生イカの細切りを数の子で和えてあった。小仏は日本酒を一本追加して飲み干すと、献矢をあとにした。

小仏は浜松駅方向に足を向けたが、イソは首を北のほうへまわして、

「さっき、ありすの場所を教えてくれた女のコの店へ、ちょっと顔を出したいんだけど」

「いってくれれば」

「冷たいよ、いいかたが。所長は？」

「ホテルにもどって、寝るに決まってるじゃないか。おれはあしたの仕事のために、からだを休める。おまえは自分の金で、潰れるまで飲んでくるといい」

「折角、繁華街へきたっていうのに、ナマ酔いで帰るなんて。こういう街へきたら、二軒や三軒ハシゴするのが、常識。いっとくけどね、所長のように、仕事、仕事っていって、息抜きしないと、そう幾日も経たないうちに、倒れるよ」

「おれのことはいいから、喉が裂けるか胃袋が破れるまで、飲んでこい」

「けっ、面白くない。いつもこんな調子だと、人に好かれないでしょ。損な性分。おれは男でも女でも、顔のでかいやつは嫌いだ」

「そうだろ、そうだろ。おまえは小顔だし、薄っぺらだから、身動きが軽くて楽だろうよ」

イソは口をとがらすと、駅のほうを向いて、小仏の三メートルほど先を歩いた。

次の日、小仏は、献矢の支配人からきいた坂口という人を訪ねた。中ノ島長治がオートレースの賭け金を借りていた四人のうちの一人だ。

坂口が社長をしている自動車の内装材メーカーは、軽自動車で有名なスズキの本社工場の近くだった。

七十歳見当の坂口は、小仏が通された応接室へにこにこ顔をしてあらわれた。

「中ノ島長治さんのことは、すっかり忘れていました。彼とはオートレース場で知り合って、一緒に食事をしたこともありました。何年も前のことでしたが、オートレースを楽しんでいる仲間から、中ノ島さんが行方不明になったとききました。その後、どうされましたか？」

「ほぼ十年前、休みの日に出掛けたまま、帰宅しなくなりました。それきり連絡はなく、いまもってどこでどうなったのか不明のままです」

「もう十年にもなりますか。中ノ島さんが行方不明になったときいて何か月かしてからでしたが、体格のいい息子さんが、『父が用立てていただいたお金をお返しします』

といって訪ねてきました。息子さんは、仲よしだった私以外の三人のところへも、同じように借りていた金を返しにきたということでした。私は息子さんに、お父さんがやっていた印刷所のことなどをきこうとしましたが、息子さんは、『父の不義理を埋め合わせにきただけ』というようなことをいって、帰りました。ほかの三人も、『息子の言葉遣いは丁寧だったけど、無表情で無愛想だった』といっていました」

小仏は、中ノ島長治の行方についてヒントになることはないかときいたが、坂口は、心あたりはまったくないと答えた。

「長治さんは浜松市内の金融業からも借金をしていました。その金はオートレースに注ぎ込んでいたようです」

「そういう話を、仲間からききましたが、毎度毎度、負けていたわけではありません。勝った日もあって、レースのあと私は、食事をご馳走になったこともありました」

長治は、オートレース以外に金の遣い途があったのではないかと、坂口は低い声で話した。

坂口は、テレビニュースか新聞で、龍潭寺近くで重傷を負って発見されたが、収容されていた病院で死亡した男と、その付近から遺体で見つかった男の事件を知っただろうが、その一人が中ノ島豪に似ていることには気付かなかったようだ。けさの新聞は、警察は二人の男の身元の確認を急いでいるとだけしか載っていなかった。

坂口の会社を出て車にもどったところへ、シタジが電話をよこした。

シタジは、エンサイ社長の水谷の愛人の一人である上山沙穂の身辺を調べていた。彼女は最近、横浜市内へ転居した。彼女はデパート・高松屋の社員で三十一歳。品川区内に住んでいたが、通勤時間が長くかかる場所へ転居した。その理由を水谷は知りたくなった。愛人が何人いても、一人一人の動向には気を遣っているらしい。

「きのうの上山沙穂は、高松屋へ出勤しませんでした。前から休みになっていたのか、それとも休暇を取っていたのでしょう。新住所のマンションを出たのが午後三時。ベージュのブラウスに紺のフレアースカートという地味な服装でした。向かった先は渋谷の道玄坂(どうげんざか)にあるドミノビルに入って、エレベーターで四階へ。そのフロアには、弁護士事務所、建築設計事務所、そしてライズオアシスが入っています」

「ライズオアシスって、業種はなんだ」

「結婚相談の大手です。初婚、再婚、中高年、結婚がなかなか決まらない方、結婚をあきらめない方の相談という広告を、見たことが何度かあります」

「彼女は四階のどこを訪ねたと思う」

「夕方以降の行動から推して、ライズオアシスへ入ったのはまちがいありません」

「夕方以降の行動……」

「彼女は、午後五時二十分に、五十歳ぐらいの女性と一緒にビルを出てきました。二人が道路に出ると、白っぽい色の乗用車がやってきて、二人はその車に乗りました。運転していたのは三十代と思われる男性でした。その男は縞のワイシャツにネクタイを締めていました」

上山沙穂と五十歳見当の女性を乗せた車は、六本木のハイライトホテルに着いた。そのホテルの八階では、ライズオアシス主催の懇親パーティーが開かれることになっていた。上山沙穂が着いて十分後に、そのパーティー会場のドアが開き、控え室や廊下にいた男女が会場へ吸い込まれていった。パーティーの趣旨は「お見合い」だった。ライズオアシスに登録している会員が一堂に会しての立食パーティー。

「つまり上山沙穂はライズオアシスの会員になっていて、お気に入りのパートナーを見つける目的で、お見合いパーティーに出席したというわけか」

「そういうことです」

「シタジは、パーティーがはじまる前に、控えの場所にいた人たちを見たんだな」

「見ました。女性は二十代後半から三十代。男性は三十代か四十代。なかには五十代ではと思われる人も何人かまじっていました。男性のほとんどがスーツ姿で、緊張気味の顔で、窓の外を向いている人もいました」

上山沙穂は、六十五歳になった水谷広喜に月に二度のわりあいで抱かれていたようだが、そのことは隠して、人並みの結婚を望んでいたのだろう。たぶん彼女の両親も同じだったろう。ライズオアシスの会員には、沙穂と似たような暮らしかたをしている女性が何人もいるのではないだろうか。沙穂は水谷からなにがしかの経済的支援を受けて、愛人をつとめていたにちがいない。三十の角を曲がって、このまま水谷との関係をつづけていると、取り返しがつかなくなると、ある朝、鏡を見て、決断したのではないか。

小仏は、調査依頼人の水谷に事実を報告しなくてはならない。

きのうの上山沙穂の行動を知った水谷は、三十一歳の女性の焦りに理解を示して、沙穂を手ばなすことを決めるだろうか。その前に彼は、二十代後半か三十の角にさしかかった女性の、日々の心情を推しはかったことがあったろうか。

シタジの報告を受けて小仏は、スマホの電話帳から水谷の番号を選び出した。昨日の沙穂の行動を知った彼は、きょうじゅうに彼女になんらかの連絡をしそうな気もする。彼は探偵に行動を調べさせたとはいわないだろうが、［いつかはこういう日がくるだろうと、身構えてはいた」とでもメールを送るか。

第三章　現場で見た顔

1

シタジの報告をきいた小仏は、スマホの画面に映っている電話番号を四、五分見つめていたが、発信を押した。

すぐに水谷の低い声が応えた。

「調査報告ですが、よろしいでしょうか」

「いま会議中だ。間もなく終るので、あとで」

水谷は本社内にいるのだろう。

イソの運転する車は、国道257号を北に向かっている。市街地を越えた。運動公園が左に映った。もう五分も走ると航空自衛隊浜松基地の近くにさしかかるだろう。

水谷から電話が入った。社長室にもどったのだろう。

小仏は、上山沙穂のきのうの行動を報告した。

「上山沙穂さんは、六本木のハイライトホテルで午後五時半からのライズオアシス主催のパーティーに出席なさいました」

「ライズオアシスとは？」

「結婚相談の大手です。そこが主催しているお見合いパーティーです」

「お見合い。彼女はそのパーティーに何度も出ていたの」

「それは分かりませんが、以前から会員にはなっていたんでしょう」

「きのうの沙穂は、ライズオアシスの事務所というか本部へ寄って、そこの人と一緒にパーティー会場へいった。なんだか特別な待遇を受けているような感じじゃないか」

「たしかに」

「そのパーティーは、何時に終ったの」

「二時間後の午後七時半です」

「そのあとの彼女は？」

「会場を出ると、渋谷から一緒に車に乗っていかれた女性と、五、六分立ち話をされたあと、独りで電車を利用されて、横浜の自宅へお帰りになりました」

「独りで……」

水谷はなにを想像したのか、つぶやいた。

もしも彼女が男性と一緒にパーティー会場を出たとしたら、水谷の頭は火がついたように熱くなったのではないか。

水谷は、「ご苦労さま」といって電話を切ったが、三分と経たないうちに電話をよこした。

今度は、西川景子（にしかわけいこ）という二十四歳の女性の近況を調べてくれといった。彼女は一年前に会社の商品のモデルに使ったことがあった。モデルやタレントを紹介するプロダクションに所属していたが、水谷がそこを辞めさせて、エンサイの新宿店に勤めさせているという。住所は渋谷区初台（はつだい）のマンション。

「彼女は、いくつか歳上の女性と同居しているといっているが、はたしてそのとおりかどうか。歳上の女性の職業はなにかを、調べてください」

小仏は、水谷の依頼をすぐにシタジに伝えた。

「他人同士の女性が同居ですか。二人はどんな間柄なんでしょうね」

シタジは興味を覚えたようだ。それが分かるといいが、といった小仏にも少なからず関心があった。

事件現場となった龍潭寺の近くを通過した。どこまで走っても浜松市なので、その広さには驚いたとイソがいったところへ、横あいから観光バスが出てきた。バスには小、中学生ぐらいの男女が乗っていた。

「この近くに、観光施設でもあるんじゃないか」

小仏がいうとイソは車をとめ、ナビゲーターを操作した。小仏は浜松広域地図を広げた。

「これじゃないか」

国道の西に［竜ケ岩洞（りゅうがしどう）］という観光スポットのマークが付いていた。これから訪ねるつもりの田川家がそこの近くである。付近は高低差のある地形で道路の左右は畑ばかりだ。農作業をしている人にきいて田川家に着くことができた。

広い庭のある古い家の裏側から六十代に見える男女が出てきて、帽子を脱いだ。侑希の両親だった。

小仏が侑希の行方についてきくと、両親は玄関の土間へ招いて、折りたたみ椅子をすすめた。

侑希の行方が分からなくなって十年になるが、彼女からはなんの連絡もなく、どこに住んでいるのかの見当すらつかない、と陽焼け顔の父親がいった。

家族で話し合いをして、所轄警察に相談した。捜索願いを出したのだ。侑希の行方が分からなくなって半年ほど経ったとき、中ノ島豪という体格のいい男が訪れ、侑希の住所を知っているかときかれた。中ノ島の話はこうだった。

『私の父の長治は磐田市で小規模の印刷所を営んでいたが、半年前の日曜に家を出ていったきり帰ってこなくなった。それで父の知り合いにあたったが、行き先は不明だった。失踪前の父について調べていたら、肴町の献矢の従業員だった侑希さんと父が親しかったのを知った』

つまり中ノ島豪は、長治と侑希が息を殺すようにして一緒に暮らしているのではないかと気付いたのだといった。

長治と侑希が親しかったという根拠はあるのか、と彼女の両親はきいた。すると中ノ島豪は、侑希の前住所であるアパートの近隣に片っ端から聞き込みをしたところ、侑希の休みの日に中年の男性が、彼女の部屋を訪ねるのを何度か見たという人がいた。その男の風采が長治に酷似していたというのだった。

「侑希さんは、どんな娘さんでしたか」

小仏は、両親の顔を見ながらきいた。

「子どものころから口数が少なくて、同い歳ぐらいの子どもと比べると、元気のない女の子でした。小学校と中学はわりに近くでしたが、高校は遠くて、自転車で片道二十分ぐらいかかるところでしたが、欠席が一日もなかったので、卒業式のとき表彰されました」

　高校を卒業するとすぐに浜松市内の自動車部品メーカーに就職して、寮に入った。製造現場に勤めて二年経ったある日、重量のある物を足に落として重傷を負った。その怪我によって歩行に障害が遺った。そのことを彼女は気に病み、二か月ばかりのあいだ実家にこもっていた。その間に退職を決意して、二度と機械が動きまわっている工場での作業には就きたくないといった。なにかで従業員募集の広告を見て、肴町の献矢へ応募し、採用された。再就職して一年間は寮に入っていたが、そこを出てアパート暮らしをしていた。両親は、彼女が住んでいた鴨江町のアパートを訪ねたことはなかったという。

「侑希さんは市内にいたのですから、ご実家へはよく帰ってきましたか」

「帰ってくるのは二、三か月に一度ぐらいでした。わたしはいつも、一泊していけばいいのにといいましたけど、半日ぐらいいて、野菜を持って帰りました。自分の住まいがよかったんでしょうね」

　母親は愚痴のようないいかたをした。

「侑希さんがいなくなったとき二十六歳。それまでに好きな人がいたとか、あるいは縁談があったのでは？」

「わたしは、侑希を見るたびに、結婚を考えているんでしょうねって、ききましたけど、いい人にめぐり会えないのか、いつもナマ返事をしていました」

小仏は、侑希は中ノ島長治と暮らしていると思うか、と両親にいってみた。

両親は首をかしげた。娘が親子ほど歳のちがう男と一緒になっていることなど想像できないのではないか。

「侑希は、働いているでしょうね」

母親はぽつりとつぶやいた。娘が長治と暮らしているのだとしたら、彼女が彼を養っているようなものではないかと思ったようだ。どちらかが病気にでもなったら、どうするのかと思ってみたこともあったにちがいない。

「こちらへ訪ねてきた中ノ島豪は、名刺を出すか、連絡場所を教えましたか」

「いいえ。名刺はいただきませんでした。住所は東京といっただけです」

小仏は名刺を渡している。父親は彼の名刺をあらためて見直すと、中ノ島長治の消息を知りたい人が調査を依頼したのかときいた。

「私は、中ノ島豪がこの十年間、なにをしていたのかを調べているんです。その調査の過程で、父親の長治さんのことや、侑希さんのことを知りました。中ノ島豪がやっていたことの一端でもわかるのではと思ったので、おうかがいしたんです」

「中ノ島豪さんが、なにをやっていたかを、なぜお調べになるんですか」

父親は、小仏の素性をうかがうような目をした。

「殺されたからです」

「えっ。中ノ島さんが……」

田川夫婦は顔を見合わせた。

小仏は、龍潭寺の近くで発生した事件を話した。

夫婦は目を丸くした。その事件ならテレビニュースで知ったといいたいのだろう。

「二人の男の身元は分かっていないようでしたが」

「一人は中ノ島豪の可能性があります。たぶんきょうじゅうに、身元が確認されるでしょう」

田川夫婦は怯えるような顔を見合わせたが、父親のほうが小仏を、まるで警察の人のようだ、といった。

前代未聞の事件の話をきいたからか、田川夫婦はしばらく俯いていたが、母親が小仏に顔を向けると、

「侑希の居所をさがす方法はないでしょうか」

と、眉間に皺を立てた。

「侑希さんには、なにか特技がありますか」

「特技。……中学と高校のときは走るのが速くて、陸上競技の選手でしたけど、足を怪我してからは走ることができなくなりました。特技といったら、歌が上手なことでしたけど」

「歌が。歌を習っていたんですか」

「いいえ。家にあるレコードやテープやＣＤを聴いて、演歌歌手の真似をしていました。近所の人たちからも上手だといわれて、十七のときに、浜松であったＮＨＫのど自慢に出たんです」

「ほう。結果は？」

「合格でした。チャンピオンになったんです」

「すごい。それから？」

「のど自慢に合格した人のなかから、グランドチャンピオンを選ぶ大会があります。それに出て、特別賞というのをいただきました」

両親と弟は、東京のＮＨＫホールで行われた大会に招待された。全国各地ののど自慢大会で選ばれたチャンピオンの家族や関係者がぎっしりと詰めかけていた。その大ホールの舞台の中央で、侑希がうたったときは、涙で彼女の顔も姿もかすんだという。

ステージに立ったときの侑希の姿を思い出したのか、母親は両手で顔をおおうと嗚咽をきかせた。

「侑希さんには、歌手になる意思はなかったんですか」

「なれるものならなりたいとは思っていたんです。音楽関係の方から、『侑希さんにはプロデューサーから声が掛かるでしょう』といわれましたけど、音沙汰なしでした。

侑希のほうが積極的でなかったからだと思います」

高校卒業と同時に就職した侑希は、楽器メーカーの系列の音楽教室に通っていたのを両親はきいていたが、プロ歌手への誘いの手は差し伸べられなかったようだ。

小仏は、侑希の居所をさがすことはできないかという母親の質問に応えられないまま、田川家をあとにした。

2

田川家の近くの観光スポットの竜ケ岩洞は、鍾乳洞だと分かった。丘陵地の屹立(きつりつ)した岩に洞窟があって、そこからこうもりが出入りしていることは、付近一帯の人たちに知られていた。その洞窟の奥が大鍾乳洞であることが分かり、一般に公開されたのは一九八三年十月だという。洞内が整備されると見学者がどっと押し寄せるようになり、現在は、東海地方最大規模の地底洞として知られているという。

「おれは、鍾乳洞なんて、見たことがない。いい機会だから入ってみましょう、所長」

イソは道路標識を見て、竜ケ岩洞のほうへハンドルを切った。

「独りでいってこい」

「なんだよ。こういうところを見学するときは、話し相手がいたほうがいいのに。……所長は鍾乳洞を見たことがあるの」

「ある」

「どこで」

「東京の奥多摩町には、日原(にっぱら)鍾乳洞がある。そこへは小学生のときから四、五回いっている。それから山口県の秋芳洞(あきよしどう)。そこの地上は秋吉台(あきよしだい)といって日本最大のカルスト地形だ。東北の岩手県岩泉(いわいずみ)町には、石灰鍾乳洞龍泉洞(りゅうせんどう)がある」

「所長はあっちこっちへ遊びにいってるんだ。そのわりに人間が面白くない。自分でも、損な性分だって思うことがあるでしょ」

「洞窟に入ってみたいのか」

「こんな機会は二度とないと思うんで」

「三十分ぐらいでもどってこい。おれは考えることがあるんで、車のなかにいる」

イソは、小さな声でなにかいいながら駐車場をはなれていったが、五分もしないうちにもどってきた。洞窟に独りで入るのが恐くなったのかと思ったら、アイスクリームのカップを窓から差し入れた。うなぎ味のアイスで、山椒をかけて食べるといいと蓋に書いてあった。きのうのイソは、当分うなぎの話はききたくないといったのに、一晩経ったら忘れてしまったのだろう。

イソはほぼ三十分でもどってきた。洞内の気温は一八度ぐらいで快適だったし、見学者は大勢いたという。妙なかたちや色の岩や柱を見ていて、それを再現しているのか、運転席にすわるとしばらく目を瞑っていた。

前方にとまっていた観光バスが、団体客を乗せて駐車場を出ていった。

「所長。次は龍潭寺ですよ」

ハンドルをにぎり直すとイソがいった。まるでスケジュールが決まっているようないいかただ。

「きょうはバカにいろんなところを見たがるじゃないか」

「観光名所なんかには、めったにくることがないからです」

龍潭寺の入口近くには［井伊直虎ゆかりの地］と染め抜いた赤い旗が微風にひらひらと揺れていた。

ここにも見学者が何人もいたが、竜ケ岩洞とはその人たちの層がちがっていた。年配のカップルが多い。なかには五十代と思われる女性だけの五、六人のグループがいた。

ほどよく朽ちた堂の廻廊から小堀遠州作の庭園を観賞する人たちがすわっていた。石と丸く刈った小木と苔と水と白砂の絶妙な配分である。腰を下ろした人たちは、言語を忘れたように、薄陽の差す緑の庭園に目を吸われていた。

古杉と竹藪を背負った井伊家墓所をめぐった。長年の風雪に文字が削られた墓碑の前に立ったとき、小仏の頭にふとある思いが浮かんだ。

「少しばかり足に障害のある歌手をさがす方法は、ないか」

文字が消えかけている墓碑を見つめているイソにいった。

「なに、急に。歌手をさがすって、どういうこと」

小仏は、田川侑希の両親からきいたことをかいつまんで話した。

「田川侑希が、歌手をやっているんじゃないかって、思いついたんだね」

「歌手といっても、テレビに出たり、大きな舞台に出て世間に名が知られている人ばかりじゃない。地方のクラブやキャバレーでうたっている人もいる。田川侑希は、中ノ島長治と一緒になっているんじゃないかって、おれはみているんだ。侑希は歌手をやって、暮らしを立てているんじゃないかな」

「侑希は二十六歳のとき、消息を絶った。いまは三十六歳……」

イソは、老杉の幹を這いのぼるように頭上を見上げた。

「たしか、シタジが知り合いに音楽関係者がいるようなことをいったことがあった」

そういうとイソはスマホを取り出した。シタジへ、「手がすいたら電話を」とメールを送った。

「警視庁は所長に、殺された中ノ島豪が、なにをやってたかを調べるようにって依頼したんでしょ。豪の父親や、田川侑希の行方と豪の稼業は関係がないと思うけど」

「おれも関係がないと思ってる。だが、印刷所の主人の中ノ島長治と料理屋で真面目に働いていた侑希が、なんの前ぶれもなく姿を消した。二人は死んだとは思えない。二人が一緒かどうかは分からないが、消息を絶った後、どうやって暮らしているのかを、知りたくなったんだ」

「安間さんに知れたら、無関係な調査はやめろっていわれるよ」

鬱蒼とした樹木が暗くしている石畳を踏んで駐車場へもどると、

「次は、舘山寺ロープウェイだね」

イソは、どこで手に入れたのか観光案内書のようなものをひらひらさせた。

「ロープウェイには乗ったことはあるだろ」

「どこかで一度乗ったような気がするけど、どこだったか」

「おまえは、名所や旧跡を見ても、一晩寝れば忘れてしまうんだ。だから時間と費用が無駄」

イソのポケットで鈴の鳴る音がした。

「シタジだ」

彼はつぶやいてスマホを耳にあてた。

イソはシタジに、音楽関係者の知り合いがいるようなことをいったことがあったが、それはどういう仕事をしている人かときいた。シタジは、音楽プロデューサーだと答えたようだ。

電話を小仏が替わった。

「あ、所長。ご苦労さまです」

イソとちがってシタジは挨拶の心得がある。

小仏は、田川侑希の経歴を話した。

「現在三十六歳。左足に障害があって、歩くとき左足を少し引きずるらしい」

シタジは小仏のいうことをメモしているようだ。

「十七歳のとき、ＮＨＫのど自慢のグランドチャンピオン大会で、特別賞。所長、その女性はうたがただ上手いだけじゃないと思いますので、その筋に通じている人には知られていそうです。歌をうたって生計を立てている人は、全国に何人もいますし、地方のどこかを拠点にしている人もいます」

シタジは、探す方法はあるが、彼女の写真を入手できないかといった。

小仏は、侑希の実家へ電話した。母親が応じた。侑希の写真があるかときくと、十年ほど前、浜松市楽器博物館を二人で見学したさい、世界中の楽器が展示してある館内で撮ったのがあるはずだといった。

「小仏さんは、侑希の居所をさがしてくださるんですね」

「分かるとはいえませんが、手がかりを思い付きましたので」

「ありがとうございます。写真をすぐにさがします」

浜松市は、自動車やオートバイの生産だけでなく、楽器製造産業では世界の中心のひとつだったのを忘れていた。

「楽器博物館を見たいな。ロープウェイで湖を渡るより勉強になりそうだ。イソはロープウェイで、湖の上にぶら下がっていてもいいぞ」

「なんといういいかたを。……所長は？」

「田川侑希の写真をあずかったら、楽器博物館を見にいく」

侑希の母親が、写真が見つかったと電話をよこした。

「所長は、楽器を習ったことがあるの」

イソは田川家のほうへ車を向けた。

「ない」

「そうだろうね。似合わないもの」

「おまえは、なにかやるのか」

「ちょっとね」

「楽器をやるなんてきいたことがない。ピアノかギターか」

「サクソフォン」

「ジャズか」

「そんなところです」

「知らなかった。習ったのか」

「バンドをやってる仲間たちと付合ってたころ、達者なやつに教えられたの」

「いまも、持ってるのか」

「押入れに放り込んでるけど、たまに中川の土手へいって、吹くことがあるよ」

彼が持っているのはテナー・サックスだという。

「鳴らすだけじゃなく、曲を吹けるのか」

「いくつかは」

小仏は、ハンドルをにぎっているイソの横顔を見てから、エミコに電話した。イソはサクソフォンを持っているし、吹くこともあるらしいが、知っていたかときいた。

「吹いているのを、きいたことも見たこともありませんけど、たまに吹くとはきいています」

「そうか。見かけによらないもんだな」

イソは、片方の拳を唇にあてると、妙な音をさせた。

侑希の母親は、写真を胸にあてて小仏の到着を待っていた。

写真の侑希は痩身だ。ブルーの半袖シャツに紺のパンツ姿だった。アジアの楽器の展示コーナーで、鮮やかな色のガムランを背にしていた。もう一枚の写真はアフリカの木製の楽器の前。大きいひょうたんを二つ重ねた太鼓を指差していた。彼女の目は大きく、眉は濃い。身長は一六〇センチ程度だと母親がいった。

3

浜松市楽器博物館はアクトシティの隣接地にあった。

入館料は八百円だった。

入口の前でイソはガラス張りの建物を見て叫んだ。

「でかい。すごい」

アジアのコーナーで目を惹くのは赤や金色で彩られたガムランやジェゴグだ。オセアニアコーナーにはパプアニューギニアの水太鼓と泥太鼓に目を奪われて、イヤホンで音を聴いた。日本の楽器もかなり多彩だ。楽琵琶が圧巻。ヨーロッパコーナーでは、ピアノやヴァイオリンの成り立ちと、名工の手によるすぐれた音色が紹介されていた。イソが足をとめ、イヤホンをあてたのは一八六〇年ごろのサックスだった。彼は五、六分間、肩を左右に揺らしていた。

浜松の洋楽器産業の歴史は、明治二十一（一八八八）年に足踏み式リードオルガンの製作からはじまったと、案内板にあった。明治三十年ごろにはアップライトピアノがつくられていたのだった。

小仏たちの前に、体形も目鼻立ちもよく似た女性が二人いた。母娘のようだ。二人は珍しい楽器を指差しては話し合ったり笑っている。小さなバッグをなため掛けしているが、それのかたちも似ていた。

「あれっ、あれがない」

小仏がつぶやいた。

「なにが？」

イソがきいたが、小仏はヨーロッパコーナーへ引き返した。

「なにをさがしてるの」

「バンドネオンがない。一九世紀の半ばごろにドイツでつくられたんだ」

「アコーディオンに似たやつだね」

「そう。アルゼンチンに伝わって、いまやアルゼンチン・タンゴの演奏には欠かせない楽器になったんだ」

「聴いたことがあるよ。元はドイツ製だったというのは知らなかったけど」

「アルゼンチンから、タンゴがヨーロッパへ流れていった歴史に関係があるんだ」

「へえ。所長は、一般の人が知らなくても生きていけるようなことを、知ってるんだ」

楽器博物館の閉館は午後五時。見学していた人たちは一斉に出口へ向かった。

小仏たちの前を見てまわっていた母娘らしい二人は、立ち話していたが、娘のほうが小走りに奥のほうへもどった。彼女は小さな鍵を持っていた。コインロッカーへ荷物を入れていたのだ。彼女はバッグを二つ提げてもどってきた。二人はどうやら遠方からここを見学にきたようだ。二人は外へ出ると、天を衝いているホテルを仰いだ。

「きょうは、なにを食いましょうか、所長」

「明るいうちから、なんだ。おまえは一日中、飲み食いすることだけを考えてる動物なんだな」

「飲み食いは、大事なの。おれがついていないと、所長はコンビニのおにぎりぐらいしか食わないいんじゃない」

「うなぎを二人前食うやつがいるんで、おれは経費を節約しなくちゃならない」

「そうなの？」

イソは唇をとがらせた。

小仏はあることを思い出した。楽器博物館へ向かって走っているあいだ、中心街へ近づいたあたりのビルの窓に、［かちや］という白い文字を認めて、それをノートにメモしておいたのだった。大手通沿いで浜松市役所の東側付近だ。

「そこになにがあるの」

「中ノ島長治が利用していた金融会社の一つだ」

「そこからの借金は、息子の豪が返済したんじゃ」

「そうらしい。だからそこの社員に会ってみたい」

「これから？」

「仕事が嫌なのか」

「腹が減ってるの。その会社は消えちゃうわけじゃないから、あしたにしようよ」

「あしたじゃ、間に合わないかもしれない。おれたちは、大の男が二人殺された事件を追っかけているんだぞ。それを忘れるな」

小仏はイソの脇腹をつねった。

かちやは、古いビルの二階にあった。薄暗い廊下のドアを入るとカウンターがあって衝立で仕切られていた。四十歳ぐらいの女性が出てきた。彼女は小仏を客とみたらしく、白い用紙をひらひらさせた。

「こちらの代表者というか、責任者の方にお会いしたい」

女性は丸い目をして一歩退いた。

彼女にいわれてカウンターへ出てきたのは、撫でつけたような髪をした五十歳見当の男で、小仏の用件をきいた。

「十年ほど前のことですが、中ノ島豪さんという人が、父親が借入れていた金を返しにきたと思います。憶えていますか。それとも返済した記録がありますか」

男は眉間を変化させると、小仏の名刺を見直した。

「小仏さんは、なにを調べていらっしゃるんですか」

「中ノ島長治さんが借入れた金を、息子の豪さんが返済したか、あるいは肩替わりしたかをうかがいたいんです」

「なんのために？」

「事実を知るためです」

男は小首をかしげると、小仏を応接セットに通した。三十代に見える男が二人、電話をしていた。さっきの女性は心配顔をしてパソコンの前へ腰を下ろした。

男は名刺を出した。火野(ひの)という名字で、肩書きは専務だった。

「小仏さんは、うちとお客さまの取引き内容を、お知りになりたいだけですか」

「火野さんは、引佐の龍潭寺近くで発見された二人の男の写真を、新聞でご覧になられたでしょうね」

「見ました」

「見憶えのある男たちでしたか」

「一人には見憶えがありました」

「だれでしたか」

「中ノ島豪さんだったと思います」

「というと、火野さんは中ノ島豪をよくご存じだったんですね」

小仏は呼びかたを変えた。

「何度か会ったことがありました」

「こちらのお客さんというだけではなかったんですね」

火野は顎を引くと、額に太い皺をつくった。どう説明したものかと迷っているようだ。

「中ノ島豪さんは、長治さんの債務をいったん肩替わりしましたが、何か月か後に全額を返済しました。その金額は約三百万円でした。完済すると私に、相談があるといいました」

「ほう」

小仏は上体を乗り出した。

「債権の取り立て係に雇ってもらえないかといいました」

「取り立て係……」

「中ノ島さんが警視庁の警官だったのを知っていましたので、退職するのかとききましたら、もう辞めていて、無職だといいました」

「取り立て役として、使うことにしたんですね」

「そういってはなんですが、体格といい、顔立ちといい、やれそうだと思いましたので」

「役に立ちましたか」

「市内と周辺に、元金を何年間も返せない人や、質(たち)のよくない利用者が何人もいました。そのお客には社長も手を焼いていて、なんとかしなくてはと考えていたときでしたので、中ノ島さんに、やってみてくれといって、問題のあるお客のリストを渡しました。中ノ島さんへの報酬は、取り立てた金額に対する歩合いという条件を呑んでもらいました」

「結果は、いかがでしたか」

「一年半ぐらいのあいだに、焦げ付いていた額の八〇パーセントぐらいを回収してくれました。社長も私も五〇パーセントぐらいだろうと予想していましたので、成功だったと思います。……中ノ島さんは、［ハマキタ］という同業者の債権取り立てを、うちと掛け持ちでやっていました。お父さんはハマキタも利用していたので、中ノ島さんはその縁で仕事を請け負っていたんです」

豪は、債権回収の仕事を二年ぐらいやっていたが、べつの仕事に就くことにしたといって、かちゃとは縁を切ったという。

「べつの仕事とはどんな仕事だったか、おききになりましたか」

「ききましたけど」

火野は首を横に振った。豪は答えなかったようだ。

次の日、消費者金融のハマキタを訪ねた。そこは浜松駅に近かった。長治はそこから約二百万円借入れたまま行方不明になっていたことが、堤という店長の話で分かった。

豪は、かちゃの場合と同じで、長治の債務を肩替わりしたが、半年ほど経つとそれを全額返済した。そして、債権回収の仕事を請け負わせてもらえないかと提案した。ハマキタにも焦げ付きが何件もあり、それの回収の見込みが立っていなかったので、『やれる自信があるのか』ときいたところ、豪は、『相手にあたってみないと分からない』と答えた。ハマキタは豪に名刺と身分証を持たせた。彼は二年ほどの間に、焦げ付きの八〇パーセント以上を回収した。彼への報酬は、かちゃの条件と同じだった。ハマキタは、豪に長く勤めていてもらいたかったのだが、回収をはじめて二年半後、べつの仕事に就くといって辞め、以来姿を見せなかった。

店長は、新聞に載っていた二人の男の写真を見た瞬間、右の写真の男は中ノ島豪にちがいないと直感したといった。

「一人は重傷を負って発見されてかつぎ込まれた病院で死亡、一人は遺体で発見されましたが、発見現場は引佐の龍潭寺の近くでした。そのあたりになにかお心あたりがありますか」

「最近になって、井伊家ゆかりの地であり、菩提寺だったといって、急に評判になっていますが、心あたりなんてありません。中ノ島さんにとっては縁のあった場所だったのかもしれませんね。……写真のもう一人はどういう人なのか、私の知らない男です。二人はそこで、殴り合いでもしたんでしょうか。それにしても二人とも死ぬなんて」

店長は、新聞に載った二人の写真を見て、一人は中ノ島豪ではと気付いたが、それを新聞社にも警察にも知らせはしなかったという。

新聞に載った写真を見て、だれだれだと気付いた人は全国に何人かいただろう。中ノ島豪の場合は、十年前まで警視庁に勤めていたのだから、「やつだ」と声を上げた元同僚がいたと思う。そのうちで関係機関に連絡する気になる人は、ごく少数なのではないか。

4

細江署の石川刑事から小仏に電話があった。

「浜松の病院で死ぬ直前に、小仏太郎と名乗っていた男が中ノ島豪だと確認されました。彼の住所は、東京都調布市仙川町。そこには妻・亜澄と長女・未由希が住んでいることが、警視庁から連絡がありました」

警視庁に保管されている身体の記録と遺体のＤＮＡ型が一致したのだろう。

現在、小仏はどこにいるのかを石川がきいた。

「浜松城の近くです」

「お城見物ですか」

「そうではありません。車で走っていたら城が見えたというだけです」

石川は、浜松の中心街へ向かっているところなので、城の近くで会いたいといった。城は公園のなかにある。日本庭園を眺めることができる木陰にベンチがあるので、そこにいてもらいたいといった。小仏は、中ノ島豪が金融会社のかちやとハマキタから、ほぼ二年のあいだ債権回収を請負っていたのをつかんだ。その後、どんな仕事に就いて、自分と家族の暮らしを支えていたのかを調べようとしていた。

殺人事件を抱えた静岡県警と所轄の細江署は、重傷を負っていた中ノ島豪が、なぜ小仏太郎を名乗ったのかを知りたいのだろう。それと、引佐の草むらから発見された男の身元をまだ割り出していない。小仏が仮に「次郎」と呼んでいるその男の着衣から見つかったのは、コインロッカーのキーだけだった。いまのところそのロッカーの所在も判明していないようだ。

小仏は、浜松市役所の脇で車を降りた。市役所には中区役所も併合されていることが分かった。その隣接地が広い浜松城公園だった。戦国末期の徳川家康の本拠だった浜松城と浜松市美術館が園内にある。

木立ちのあいだから城の天守閣が見えた。車椅子の人を押していく人も見えた。日本庭園の池を見つけたので、そこへ近づこうとしたところを、石川に呼びとめられた。彼はきょうも県警本部の夏目と一緒だった。二人とも紺の上着を腕に掛けていた。

近くにベンチがあったが、三人は木陰の芝生にあぐらをかいて向かい合った。

小仏が仮に次郎と呼んでいる男の身元は依然として不明だし、「似ている人を知っている」とか、「行方不明の身内では」といった問い合わせもないという。地元新聞はきょうも身元不明の男の特徴の記事を載せていたが、効果はあらわれていないという。

小仏は、警視庁を退職した中ノ島豪が、浜松市内の金融業の債権回収を二年あまりやっていたことを話した。

「その後、なにをやっていたかが問題なので、それをこれから調べるつもりです」

小仏がいうと夏目が、

「中ノ島がやっていたことのヒントがあるんですね」

と、目の奥をのぞくような顔をした。

「ありません」

「ない。じゃ、どうやって、糸口をさがすんですか」

「それを考えていたところでした」

夏目は口元をゆがめた。小仏の肚のなかを疑っているらしい。

石川が咳払いして切り出した。

「中ノ島豪は病院で、小仏太郎と名乗りました。死ぬ前の苦痛のさなかに、あらぬことを口走ったのではない。じっと診ていた看護師に住所も伝えている。あなたの住所をです。そのことからして彼は、あなたの氏名と住所を諳んじていたものとみています。それ以前から、人にきかれると小仏太郎を名乗っていたにちがいない。あなたは警視庁で中ノ島豪と組んで仕事をしたことはないといいましたが、じつは密接な関係だったんじゃありませんか」

「いいえ。事件現場で、たしか二、三回、顔を見た程度でした。会話をした憶えもありません」

石川は光る目で小仏の顔をにらんだまま首をかしげた。夏目同様小仏の答えを疑っているのだ。

「警視庁時代、小仏さんが気付かなかっただけで、中ノ島豪は何度も、小仏さんを見ていたんじゃないでしょうか。それは事件現場とはかぎりません」

そういった石川の顔を、小仏もにらみ返すように見つめた。

小仏はこめかみに指をあてると、中ノ島豪をどこで見掛けたかを思い出そうと、頭上の枝葉のあいだにのぞく空を仰いだ。白い雲を灰色の雲が追いかけるように流れていた。

「中ノ島は、ＩＳＥＴＡＮのマークの入ったワイシャツを着ていましたね」

小仏がノートのメモを見て二人にきいた。

「警視庁にシャツの写真を送って、照会してもらいました」

石川が答えた。東京・新宿の伊勢丹のオーダーシャツセクションの顧客リストに中ノ島豪の名があった。住所は、調布市仙川町だったが、彼は出来上がりを電話で確認したあと受け取りにきた記録があったという。

「もう一人のホトケについての問い合わせはありませんか」

「天竜区と東区の人から、新聞に載っていた写真の人に似ている男を知っていたが、何か月も前から見掛けていないという通報がありました」

石川は通報者に会いにいったし、「似ている男」を確かめた。どちらも会社員で、一人は海外赴任中、一人は九州へ転勤して健在であることが分かったという。

「所持品は、コインロッカーのキーだけでしたね」

小仏がいうと、石川がロッカーキーの写真を出した。キーにはブルーの矩形（くけい）の小さな札が付いていて、それの両面にナンバーが入っていた。駅などにあるロッカーのキーとは明らかにちがっていて、かたちと色がしゃれている。写真をつまんで見ていたが、これに似たのをどこかで見た憶えがあった。

「思い出した」

小仏は膝を叩いた。

夏目と石川は、あらためて小仏の顔に注目した。

「このキーは、楽器博物館のロッカーのものではないかと思います」

「楽器博物館……」

夏目と石川は同時にいって顔を見合わせた。

石川は浜松市楽器博物館を知っていたが、夏目は知らなかったといった。

「私は、楽器博物館があるのは知っていましたが、見学したことはありません」

石川は、その場所を夏目に話してから、東京の小仏がなぜ知っているのかという顔をした。

夏目は、楽器博物館にロッカーキーの体裁を電話で問い合わせるといったが、石川は直接訪ねたいといった。

「そうか。それじゃ」

三人は芝生へ立ち上がった。老婆が乗っている車椅子をTシャツを着た若い女性が押して通った。老婆は池のほうを指差してなにかいった。若い女性は車椅子の前へまわると、老婆の顔の高さに膝を折った。

駐車場のイソは、リアシートから助手席の背に両足を伸ばして、アイスクリームを食べていた。小仏はタイヤを蹴った。

「静岡県警の車を、楽器博物館へ誘導しろ」

「えっ、警察の車を。楽器博物館になにがあったの」

イソは、警察が大嫌いである。警察署や交番の前を通過するときは、アクセルを踏み込む。

「警察の車を追いかけるのはいいけど、追いかけてこられるのはいい気持ちじゃない」

イソは、サイドミラーを見ながらいった。

彼は楽器博物館の前で小仏を降ろすと、なにもいわずすぐに立ち去った。

夏目と石川が受付係の女性に訪ねた目的を告げた。小仏は、年代物のピアノの前から彼らのようすを眺めていた。

メガネを掛けたワイシャツ姿の職員らしい男が出てきて、二人の刑事と話していた。男は二人の刑事をコインロッカーコーナーへ案内した。数分後には制服制帽の警備員がやってきて、なにやら話し合いをしていた。

ピアノの前にいる小仏に石川が近寄ってきた。

「来館者用のロッカーの一つが、使用中のままになっていたことに、警備員がけさ気付いたようです」

「それはいつから使用中に？」

「一週間ぐらい前からじゃないかと、警備員がいったので、警察に届けるかを話し合ったが、もう一日待ってみようということにしたそうです」

ワイシャツ姿の職員が合い鍵を持ってきた。それにはブルーの札が付いていた。奥の壁ぎわの上から三番目の扉が開いた。二人の刑事は内部をのぞいてから、石川が腕を差し込んだ。茶革の中型の旅行鞄が引き出された。その鞄はそこでは開けられず、所轄の浜松中央署へ持ち込まれることになった。

小仏は、イソが居眠りしている車へもどった。

「その鞄は、身元不明の男の物って分かったの」

イソは目をこすった。

「なにかは入っているようだが、中身はなんだったか分からない。身元が分かるような物が入っていなかったら、中身の物とホトケのＤＮＡ型の照合をすることになるだろうな」

「何日間も開かないコインロッカーがあったら、職員は怪しいって気付きそうなものだけど」

「主要駅のロッカーなんかは、犯罪に使われる場合を想定しているから、毎日、点検されるだろうが、博物館は主要駅ほどは厳しくないと思う」

「そういう点を狙われたのかな」

旅行鞄の中身がなんだったのか、小仏にも関心があった。夏目と石川が鞄を所轄署へ運んだのは、危険物が隠されている可能性を考えたからだろう。

5

警視庁に勤務していた中ノ島豪は、小仏に何度も会うか、あるいは見掛けていたのだろうと夏目と石川はいっている。小仏のほうは中ノ島を見掛けたことだけを憶えているが、会話をした記憶はない。二言や三言は話したが忘れたのかもしれない。会っていたとしたら、それは事件現場ではなかったか。

小仏は駐車場の車内でノートを取り出すと、中ノ島豪の経歴を振り返った。中ノ島巡査は警視庁四谷、杉並署の地域課員を経て、杉並署在任中に刑事課に転属。その後、本部捜査二課、捜査一課員を経て、三十六歳で依頼退職。

小仏は、車の助手席のシートを倒すと目を瞑った。色が褪せかかった記憶が少しずつよみがえった。断片的だが、繁華な場所で中ノ島の姿を見たような気がした。つまり小仏はその前に中ノ島と会っていたのだ。それで顔を知った捜査員がいるなと思ったし、ほかに目顔で挨拶を交わした捜査員もいた。

「思い出した。あそこだった」

小仏は手にしているノートをにらんでつぶやいた。

「なに考えてるの」

イソは、自販機で買ってきた缶コーヒーを差し出した。

「黙ってろ。いま大事なことを思い出したんだ」

小仏は、安間に電話した。

「ご苦労さま」

といった安間に、警視庁退職後の中ノ島豪は、約二年のあいだ、浜松市の「かちや」と「ハマキタ」という金融会社の債権回収を請負っていて、予想以上の成果を挙げていたことを話した。

「貸し金の取り立てか。顔つきと体格を活かして、多少キツい言葉も吐いてたんだろうな」

「彼とどこで会ったかを考えてるうちに、新宿・歌舞伎町のビル火災を思い出したんだ」

「歌舞伎町の。だいぶ前の事件(ヤマ)だな」

「十五年前だ」

「もうそんなになるか……」

――二〇〇一年九月一日の未明。新宿・歌舞伎町の飲食店が入っている雑居ビルから出火、客や従業員ら四十四人が死亡した。二〇〇八年七月、ビルの実質的オーナーら五人が業務上過失致死傷罪で有罪判決を受けたが、警視庁は放火の疑いがあるとみて捜査を続行している――

「そのビルの火災当時、おれは新宿署にいた。小金井(こがねい)市前原町(まえばらちょう)に住んでいたが、寝ついたところを電話で起こされ、現場へ駆けつけろっていわれた。それまでに火災現場や焼け跡を何度も見てきたが、あんな酷(むご)たらしいところへの臨場は初めてだった」

「あそこへは、おれも次の日にいった。あのビルの近所の人たちは、炎と黒い煙を見ているうちに、歌舞伎町の全部が焼けてしまうんじゃないかと思ったといっていた。煤で真っ黒くなった女のコを運び出した消防署員が、泣いていたのを憶えている」

「その現場へ、中ノ島がいってたかどうかを、知りたいんだ」

「寺内(てらうち)にきいてみよう。彼はあの事件発生当時の現場指揮官だった」

十数分後、捜査二課の寺内管理官から電話があった。当然だが寺内は中ノ島豪を憶えていた。

「いつもむっつりしていたし、いくぶん強引な一面のある男だったんで、庁内では好かれていないようだった。だけどおれはやつが好きで、何回か飲み食いに誘ったものだ」

「中ノ島が退職するさい、寺内さんにはなにか相談でもしましたか」

「磐田の実家は印刷所で、それを父親がやっている。父親があまり歳を取らないうちに、印刷所を継ぎたいということだった。そこには設備もあるので、継続しない手はないって考えたらしい。おれはもっともだと思ったけどな」

豪は、上司の寺内には体裁のいいことをいって退職したようだ。

「歌舞伎町の雑居ビル火災現場へは、中ノ島はおれと一緒にいった。彼は焼けたビルに入っていたクラブへ何度かいったことがあったんだ。個人的に飲みにいっていたんじゃない。捜査二課時代に、東大医学部の教授と製薬会社の癒着を嗅いでいた。かなりきわどいサービスをするクラブがあったらしくて、その店を教授が気に入っていて、教授のほうから製薬会社の営業マンを誘っては、月に二、三回は飲みにいっていたのを、中ノ島はつかんできたんだ。営業マンはそのクラブへ、国立がんセンターの医師を連れてくるのを、ホステスから聞き込んできたし、その営業マンがほかにどんな客を連れてくるかもさぐっていた」

豪は、クラブの二、三人のホステスから情報を取っていたという。

「じゃ、あの火災で犠牲になったホステスのなかには、中ノ島の知り合いのコもいたんじゃないでしょうか」

「いたんだ。たしか死んだホステスのうち二人を知っていたといっていた。……小仏もあの火災現場へはいったろうが、そこで中ノ島に会ったのか」

「見掛けたような気がしたので、彼があの現場へいっていたかを、確かめたかったんです」

「そうか。さっき安間からきいたが、小仏には面倒なことを頼んだようだな」

小仏は、また知りたいことがあったら問い合わせるといって、くれた電話に対する礼をいった。

小仏は倒していたシートを起こした。

「おい。東京へいく」

「また急に。東京なら、いくんじゃなくて、帰るんでしょ」

「こっちの仕事の用件で、東京へいくんだ」

イソは返事をせず、車を出した。

小仏は、東京でなにをどう調べるかの手順を、目を瞑って練っていた。

由比、蒲原あたりにさしかかると、左の車窓に富士山が映った。西にかたむいた陽の加減か、山体が青黒かった。

「所長。おれたち、何日も休んでいないよね」

イソは、女性が運転している白いスポーツカーを追い越した。

「そうだったか」

「そうだったかって、自分の都合ばっかり考えてて、おれたちの休養とか健康状態を考えたことなんかないでしょ」

「なにをいいたいんだ」

「何日かぶりに東京へ帰るんだから、あしたは休みにしましょうよ」

「休んで、なにをするんだ」

「なにをするって、それは勝手でしょ。エミちゃんも、シタジも、二週間ぐらい休んでいない。所長が休まないんで、みんな休めなくて、疲れている。暮らしかたにメリハリをつけないと、仕事の能率にも影響するし、いい仕事ができないよ」

「いい仕事か、ぷっ」

「あ、いま、笑った」

「おまえから、いい仕事なんて言葉はききたくない」

「ちぇ。あしたは休んでやる。エミちゃんとシタジにもそういってやる」

沼津を通過したところで、警視庁新宿署の中山刑事課長に電話を入れた。小仏が新宿署に勤務していたころの中山は防犯課の係長だった。その後、野方署と四谷署を経て、一昨年、新宿署の刑事課長に昇進した。馬面に丸い黒縁メガネを掛けている警視だ。

十五年前の歌舞伎町ビル火災の資料を見たいので、あした署を訪ねる旨を伝えた。

「そうか、待ってる。小仏と会うのは四、五年ぶりになるな」

中山は、小仏が亀有で探偵事務所をやっていることを、安間からきいているといった。

小仏の会話をきいていたイソは、ほっとしたといって胸に手をあてた。小仏がきょうじゅうに新宿署を訪ねるのではと予想していたらしい。

「所長。きょうの夕食は全員で、芝川にしましょうか」

「舘山寺温泉でうなぎを食ったとき、おまえは、芝川のうなぎは干物だったっていったじゃないか」

「あのときはそう思ったけど、何日か経ったら、芝川もいいなっていう気になったの」

「いい加減な野郎だ。あのときは、当分うなぎの話をしないでくれなんていったくせに」

小仏はエミコに電話で、芝川の座敷の予約を頼んだ。彼女は、「きょうは、うなぎをご馳走になれるんですね、うれしい」と声を弾ませた。

第四章　夜の運命

1

うなぎ料理の芝川へはシタジが一歩遅れて着いた。彼は、エンサイの水谷社長から依頼された女性の現況調査を受け持っている。水谷が小仏事務所に調べさせている女性は、彼の愛人だ。現在は七人いるという。彼は七人に対していくつかの不満を持っているらしい。金銭面の支援を条件に関係を保っているようだが、七人それぞれに不満と不審があるのだろう。週に一度か、または月に何回か会う間柄なら、相手の暮らしぶりの詳細を知らないほうが賢明だといってやりたいが、それでは探偵事務所は繁盛しない。相手の環境を知ったがゆえに苦しむケースもあるだろうが、依頼人が知りたいことに応えるのが探偵の仕事だ。

シタジは、元モデルで、現在はエンサイ・新宿店に勤めている二十四歳の西川景子の私生活を調べている。彼女はいくつか歳上の女性と同居しているのは確かだが、同居の女性の職業をいまのところつかむことができないでいるといった。

「その女性は、西川景子より少し小柄ですが、たいそう美人ということです。水商売のようですので、あしたはその人の外出を尾けることにします」

「名前は分かったんだな」

小仏がきいた。

「氏名も年齢も分かっています。三十一歳で独身です」

小仏はうなずくと、シタジのグラスにビールを注いだ。

シタジは頭を下げて一口飲むと、

「所長からいわれた歌手の件ですが、先ほど音楽事務所の知り合いから電話がありまして、北海道を拠点にして、温泉地のホテルなどでうたっている、足に少し障害のある女性がいることが分かったそうです。その女性の連絡先やスケジュールなんかが分かったら、また知らせてくれることになっています」

浜松市引佐出身の田川侑希のことである。彼女の母親から、侑希は歌が上手く、できたら歌手になりたかったようだときいた。それをきいて小仏は、もしかしたら消息を絶った侑希は、遠方の温泉地などで歌をうたって暮らしを支えているのではと気付いた。彼女と同様、忽然と姿を消した中ノ島長治は、侑希と一緒になっているのではなかろうか。侑希は親に、三十いくつも歳上の男と一緒になりたいとはいえなかった。長治のほうには家庭があり、将来を見通せない印刷所という事業があった。それとオートレースに凝ったための借金も背負っていた。どちらを向いても袋小路のような暮らしのなかで、失いかけた血を燃やすことができるのは、侑希の存在だったかもしれないと小仏は推測した。二人の大人が、事故か事件に巻き込まれたわけでもなく、自殺か心中したのでないとしたら、知り合いの目のない土地で、本名を告げず、ひっそりと暮らしているものと考えた。しかしそれには生活を支える途（みち）が必要だ。それで侑希にはなにか特技でも、と母親にきいたところ、ＮＨＫのど自慢のグランドチャンピオン大会に出場して特別賞に選ばれた経歴の持主だった。これはたぐい稀な才能にちがいなかった。

エミコは、うなぎの白焼きにワサビを付け、「おいしい」といいながら、目や鼻に手をあてている。

「やっぱり、うなぎは芝川にかぎりますね、所長」

イソは、エミコの皿から一切れつまんで、音をさせて食べた。

「おまえの舌は、どこでなにを食っても、飲んでも、味はわからない」

「そういえば浜松は、うなぎでも有名でしたね」

エミコは、白焼きを一切れ取り皿に取って、イソの前へ置いた。

「イソは舘山寺温泉でうなぎを食いすぎて、正体を失くした」

　小仏は、甘辛煮の舞茸をつまんだ。

「うなぎを食べすぎると、どこかが、ヘンになるんですか」

　シタジが真面目な顔をした。

「なるんだ。人にもよるが」

　イソは、小仏とシタジの顔をにらんでから、大声で日本酒をオーダーした。彼は日本酒を二合も飲めば、キンコのいるライアンへいきたいといい出すだろう。

　小仏も日本酒に切りかえようと思ったところへ、安間が電話をよこした。イソの耳にもその音は届いたらしく、小仏のポケットをにらむ目をした。

「細江署管内の草むらから見つかった遺体の男についての情報だ」

　小仏が仮に次郎と呼んでいる男についてである。安間は乾いた紙をめくるような音をさせた。

「足立区千住二丁目の大友志津（おおともしづ）という人の息子の高充（たかみつ）ではないかという電話が、その人の所轄の千住署に入ったんだ」

　通報してきた人は、以前大友高充と親しくしていたという女性だが、氏名は答えなかったという。

　通報を受けた千住署は、大友志津という女性の居住確認をした。通報どおり居住していて、息子は、高充という名で四十二歳だが、三、四年前から音信不通だと答えた。志津は六十七歳で無職。娘が一人いて、近所に住んでいる。娘の名は吉永里佳。家庭を持っていて、夫と子供二人の四人暮らし。千住署員は里佳にも会って、新聞に載った顔写真を見せた。彼女は、『たしかに兄に似ている』といったが、志津の話と同じで、『兄とは三、四年前に会ったきりだし、どこに住んで、なにをしているのかも分からない』といった。つまり携帯電話も三、四年前から通じなくなっているという。

小仏は安間からの連絡内容をメモすると、細江署の石川に電話し、浜松市楽器博物館のコインロッカーから回収したバッグの中身は何だったかをきいた。

「紺地にグレーの細い縞のジャケットと、クリーニング店から受け取ったらしい白のワイシャツ。麻布の袋のなかには汚れ物の下着類が丸められていました。ジャケットのポケットには、浜松駅前のカフェ・ルイという店のレシート。アイスカフェオレが二点ですので、同伴者がいたものと思われます」

即座に身元が分かるような物は入っていなかったということだ。細江署では念のために、身元不明の遺体とのDNA型鑑定を依頼したという。

石川はたったいま、警視庁から大友高充についての連絡を受け取ったところだといった。

「三人は、ここでゆっくりやってろ」

小仏は、千住の大友高充の身内に会いにいくといって膝を立てた。

「また仕事か」

イソが舌を鳴らした。

小仏は片膝を立ててから、あした三人は休んでもいいといったのだが、シタジが、

「私にはやり遺した仕事があります」

といった。西川景子という女性と同居している水商売風の美人の職業を確認するのだった。

「なんだよ。足並みがそろわないじゃん」

イソは、自暴を起こしたような手つきで盃に酒を注いだ。酒があふれた。エミコはなにもいわず、おしぼりをつかんで、イソがこぼした酒を拭いた。

小仏が立ち上がると、エミコだけが、「ご苦労さま」と口を動かした。


大友高充の母志津の家はすぐに分かった。木造の古い二階屋だ。一階には幅の広いガラス戸が四本立っている。格子にはめられているガラスの何枚かは色が変わっているのが夜目にも分かった。大友家は以前畳屋だったのだ。高充の父は畳職人で、ずっと前には使用人がいたという。その父は七年前に病死したことが分かった。

六十七歳の志津は背が高く、実年齢よりずっと若く見えた。色白でととのった顔だ

ちだ。

小仏が夜分の訪問を詫びると、

「いいえ、かまいませんよ。わたしは独り暮らしですので、何時でも。それよりあなたは夜遅くまで、ご苦労さまですね」

彼女はメガネを掛けると、小仏の名刺をじっと見て、

「警察の方なのかと思いましたけど……」

彼女はメガネを鼻に落とすと、小仏の素性を無遠慮にうかがう目をして、私立探偵がなぜ高充のことを知りたいのかと、いくぶん険しい顔をした。

小仏は、こういう顔をする人に慣れていた。面倒だと思うこともあるが、ここを訪ねることになった過程を、分かりやすく説明することにしているので、志津にも、息子の高充に似た男の遺体が浜松市内で発見されたのを話した。

「浜松は、わたしの父の故郷です。わたしが小学生のときでしたが、父は中田島の砂丘へ連れていってくれました。白い砂の上をはだしで波打ちぎわまで歩いていったのを憶えています。砂丘では男の人たちが大きい凧を揚げていました。それから何年も経ってからですが、浜松では毎年、中田島で大凧を揚げるお祭りがあるのを、なにかで見て知りました。男の子が産まれると、それのお祝いに大凧を揚げる習慣が、ずっと昔からつづいているということでした。浜松へいったのはそれきりでした」

彼女は、息子のことを忘れたように、色褪せた思い出を語っていたが、まぶたは光りはじめた。涙をためたのだった。

彼女の思い出話がひと区切りつくと、小仏は、

「高充さんがお母さんと一緒に暮らしていたのは、いつまでですか」

ときいた。

「大学を中途でやめるまではここにおりました。夫もわたしも、あの子に畳屋を継がす気はありませんでしたので、大学を出るのをすすめていたんです。あの子は高校のころから勉強嫌いでした。近所の同じぐらいの子どもたちが塾へ通っているのに、高充だけは塾へいかないので、みんなから『未熟児（みじゅくじ）』なんて呼ばれていました。それでも、高校の成績は悪くなかったようでしたし、仲よしの子が入れなかった大学に、合格しました」

「大学は、どちらでしたか」

「教都（きょうと）大学です」

私立の名門校だ。

「どうして卒業まで通わなかったんですか」

「勉強するのが嫌だったからです。そのことでは父親としょっちゅういい合いをしていました。夫もわたしも、大学を卒業していないと、ちゃんとした会社に入れないよ

っていうと、『ちゃんとした会社って、どこなんだ』って口答えするんです。グレてるわけじゃなかったけど、親のいうことを素直にきかない子でした」

大学を中退した高充は、自分の意思で陸上自衛隊に入った。自衛隊にいたのは四年間で、その間、北海道と東北の基地に勤務していた。

除隊と同時に、埼玉県内の自動車会社に就職。九年ほど勤務して退職。その後の職業は知らない、と志津は小さな声でいった。

「三、四年前から音信がないということでしたが、それまではときどき、こちらへは？」

「半年か一年おきぐらいに、ふらっとくることがありました。実家があって、親がいることは忘れていないんだね、ってわたしが皮肉をいうと、『天ぷらを食うたびに、おふくろを思い出す』とよくいいました」

「お母さんの好物なんですね」

「いつどこで覚えたのか、御茶ノ水(おちゃのみず)のホテルの天ぷらは最高にうまいといって、何度か連れてってくれました。天ぷら屋は千住にもあるのに、わざわざ御茶ノ水まで」

「そこの天ぷらは、おいしかったんでしょ」

「それはもう。何度かいくうちに、わたしの舌は贅沢になってしまって、好きなものだけを注文したものです」

「なにがお好きなんですか」

「お魚は、きすとあなご。野菜は、かぼちゃととうもろこし。それから、ぎんなん」

彼女は、ガーゼのハンカチを取り出すと目にあてて、唇を嚙んだ。高充が食べたものと飲んだものを思い出したのではないか。

「高充さんは、おいしいものを出す店を何軒も知っていましたか」

「知っていたかもしれませんけど、わたしを連れてってくれたのは、御茶ノ水のホテルの天ぷら屋さんだけです」

小仏には彼女のいうホテルがどこのことなのか見当がついた。有名大学の脇の坂を登ったところにある古いホテルだ。あたりはコンクリートの建物ばかりだが、ホテルは緑の木立ちに囲まれていたという記憶がある。

「お母さんは、中ノ島豪さんという名前をおききになったことがありますか」

「さあ」

彼女は、急に髪が白くなったような首をかしげ、どういう人かときいた。

浜松の隣接の磐田市出身で、印刷所の息子だったが、父親の職業を継がず、警視庁に警官として勤めていた人だったと話した。

「高充は、中ノ島さんという人と仕事をしていたということですか」

「そういうことも考えられますが、高充さんとの関係は分かっていません」

千住署へ、新聞に載っていた男の写真を見て、高充に似ていると通報した女性は、以前、彼とは親しくしていた、と語ったという。

「高充さんは四十二歳でしたが、家庭を持ったことはなかったんですか」

「わたしにはそれが心配のタネでした。家庭を持たないので、職業を何度も変えるんだと、どんなにいっても、高充はわたしのいうことにうなずいているだけでした」

高充からは直接、好きな女性がいることも、付合っている人がいることもきいた憶えがなかったという。

小仏は、また思い付いたことがあったら訪ねるといって立ち上がると、志津は彼の電話番号でも確かめるように、名刺を見直した。

2

大友高充の妹の吉永里佳に会いたかったが、午後九時すぎだったので、あす訪ねることにした。

彼女は高充とはちがって堅実な家庭を持っているようだ。

小仏は、北千住駅のホームで電車を待つあいだ、ノートを取り出した。大友志津の話をききながら取ったメモを読み直していたが、ふと、自分の母親の顔が浮かんだ。

母は七十二歳になった。東京西端の檜原村に彼の妹の家族と一緒に暮らしている。妹の夫は会社員。夫婦には男の子と女の子がいて、五人家族だ。

小仏は、母とも妹たちとも一年ほど会っていない。以前は会うたびに母よりも妹のほうが、小仏が家庭を持っていないことを、責めるようにやかましくいったものだ。彼が四十代になると妹は、そのことをぴたりと口にしなくなった。彼は一生独身で通すのだろうとみたようだ。

彼は母に、声だけでもきかそうかと、ポケットへ手を入れたが、テレビドラマでも観ている最中だろうと思ったので、あすの昼間、掛け直すことにした。

自宅兼事務所にもどると、デスクにエミコの字のメモがあった。

［お仕事、ご苦労さまです。今夜は芝川でご馳走さまでした。所長はお食事をしっかりなさっていないので、芝川のお漬物を添えておにぎりをつくっておきました］

小仏は、急須に茶葉を入れ、ポットの湯を注いだ。

緑茶の香りを嗅いだので、また母の顔を思い出し、あしたは少し上等の茶を母に送ることにした。

次の朝、エミコはいつもどおり八時五十分すぎに出勤した。四、五分後にはシタジが出てきた。

シタジは、昨夜の小仏の仕事はどうだったかをきいた。

小仏は、浜松市引佐で発見された男が、はたして大友高充であるかは分かっていない、といってから、

「高充という息子は、たまに母親を訪ねると、わざわざ御茶ノ水のホテルまで、天ぷらを食いにつれていったそうだ」

と話した。

「母親の自宅か、その近くで食事をしてもいいのに、千住から御茶ノ水まで……。それが息子の愛情表現なのでしょうね」

「ホテルで値の張る天ぷらを食わすことがか」

「電車や車で移動する。母親がめったにいくことのない街を二人で歩く。気取ったレストランで、少し緊張しながら食事をする。自宅で向かい合っての飲み食いより、記憶に残るじゃありませんか。それと、自宅よりも二人は長い時間一緒にいられます」

「そうか。電車に乗ったり、見慣れない街を歩いたりすれば、普段とはちがう会話も生まれるよな」

エミコはコーヒーをたてながら、小仏とシタジの会話にうなずいていた。

玄関ドアが一〇センチほど開いて、ひと呼吸してからイソが頭から入ってきた。寝足りないような目をしながら、鼻をひくひくさせた。

「エミちゃん、おれのは濃くしてね」

ゆうべのイソは、芝川のあと、ライアンへいったにちがいない。カウンター越しにキンコの顔をじっと見ているのだが、彼女がほかの客と会話をしたり、笑ったりすると、音をたててグラスを置いたり、カウンターを叩くこともあるらしい。そのたびにキンコは、目でイソを叱っていると、小仏はママにきいたことがある。

吉永里佳は勤めているかもしれないと思ったので、電話した。会いたいのだが都合はどうかときくつもりだったが、彼女はすぐに応じて、午前中なら会えるといった。

「ゆうべの酒が残ってるんじゃないだろうな」

イソにきいた。

「ちいっとばかし飲んで、宿酔いするような、ヤワじゃない」

「ほう。けさは一人前の口を利くじゃないか。さっさと車を出してこい」

小仏は朝刊を筒にしかけた。

イソは頭を抱えると背中を丸くして出ていった。

朝刊には、［浜松の奇怪事件］というタイトルで、細江署管内の事件が載っていた。二人とも殺害されたものと断定され、一人は磐田市出身の中ノ島豪だったと判明。彼は十年前まで警視庁捜査一課所属の刑事だったことも載っていた。

この記事を読んで、思いあたることがあるという情報が寄せられるのを、捜査本部は期待しているにちがいなかった。

吉永里佳の住所は、明らかに建売住宅と分かるわりに新しい二階屋が数軒並んでいる一画のいちばん奥の家だった。入口には丈の低い鉄製の扉があり、ななめに開いた窓からは水色のカーテンがのぞいていた。カマボコ型屋根のガレージに自転車が二台入っていて、一台のフレームは白だった。

里佳はショートカットの髪を薄く染めていた。目のあたりが母親によく似ている。

「せまいところですけど、どうぞ」

細身のジーパンの彼女は、まるで小仏を歓迎するようにリビングに通した。

「今年の春まで会社勤めをしていましたけど、中学生になった男の子のためには、わたしが家にいたほうがいいのが分かったものですので、専業主婦をしています」

小仏がきかないのに彼女は、上の子は男、下は女だといった。

「ゆうべは、お母さんにご自宅でお会いしました」

「ゆうべ遅くに、母から電話がありまして、小仏さんを、頼もしそうな男性といっていました。母は変わっているでしょ」

「いいえ、べつに。ご自身の思い出話と、高充さんが何度も、御茶ノ水のホテルへ天ぷらを食べに連れていってくださった、とおっしゃっていました」

「妹のわたしには、そんなこと一回もしたことがないのに」

里佳は小仏の目の前で香りの高い紅茶を慣れた手つきでいれた。

昨夜、志津からきいた高充の経歴に話しを触れてから、最近何年も実家に顔を出さないし、音信もなかったというが、どんな仕事をしていたのか知っていたかときくと、

「知りません。ちゃんとした会社にでも勤めていれば、母にもわたしにもそれを話していたでしょう。母もわたしも、結婚もしない兄のことを気にかけていました」

彼女はそういうと、眉を寄せて小仏の顔から視線を逃した。

「新聞に載った写真を見て、高充さんじゃないかと警察に通報した女性がいます。その人は警官にきかれて、以前、高充さんと親しくしていたと答えています。あなたにはその女性がだれだか分かりますか」

里佳は窓のほうへ顔を向けていたが、たぶんあの人だと思うといった。

「姓は新見さんです。下の名は忘れました。建築設計をやっていて、兄とお付合いしていたころは、綾瀬の長尾建設に勤めていました。いまもそこにお勤めかもしれません」

「新見さんという女性と高充さんは、お付合いしていただけですか。一緒に暮らしていたのではない？」

「どのくらいのあいだかは知りませんけど、一緒に暮らしていました。彼女が住んでいたマンションの部屋へ、兄が転がり込んだ格好だったんです。彼女は、兄の素性を見抜けなかったといってましたが、兄は彼女に一言も告げずに、そこを出ていってしまったんです」

「あなたは、高充さんがいなくなったあと、新見さんにお会いになったんですね」

「彼女から電話があったんです。兄がいなくなったが、どうしたのか分かるかといって。それで彼女とは初めて会ったんです。そのとき、職業と勤め先をききました」

高充が新見という女性の住まいへ転がり込んだというのは、自動車会社を退職した一年後ぐらいのときだというから三十四歳のころだろう。新見の話では高充はほぼ二年間、彼女と暮らしていた。保険会社から依頼される交通事故の調査をしているといっていたという。彼がどうして彼女の部屋を出ていったのかも、どこへいったのかも分からなかった。

高充はケータイの番号を変更していたので、新見を好きでなくなったのだろうと、里佳は解釈した。

「新見さんのところを出ていった高充さんですが、お母さんやあなたとは、お会いになっていたんですね」

「なんの予告もなく、ひょっこりとあらわれるんです」

「お会いになったとき、住所やなにをしているのかをおききになったでしょうね」

「ききました。仕事で各地を転々としているので、住所は決まっていないといっていました」

「どんなお仕事をされていたんでしょうか」

「新見さんにいっていたのと同じで、保険会社の調査をしているといっていました。母は、兄のことを、『三十代なのに、住んでいるところも、なにをやっているのかもはっきりしない。服装はちゃんとしているし、丈夫そうだから、稼ぎはあるらしい』と、わたしにいっていました」

「お母さんと有名ホテルで天ぷらを召し上がっていたのですから、高充さんにはそれなりの収入があったはずですね」

小仏は里佳の顔をじっと見ていったが、彼女は小さくうなずいてから、「そうだろうか」というふうに小首をかしげた。

「ゆうべのお母さんは、高充さんが新見という女性と一緒に暮らしていたことは、一言もおっしゃらなかった。結婚しなかったことを気にかけてはいらっしゃるようでしたが」

「恥ずかしいからです。息子がどこに住んでいるのか、どんな仕事に就いているのか家族が知らないのを、他人には知られたくないからです。わたしも同じです。家族にふうてんのような男がいるなんて、世間に知られたくないものなんですよ」

里佳は、気を取り直したように小仏に顔を向けると、新聞に載った写真の男は高充だろうか、ときいた。

「警察はきょうにも、ご実家から高充さんが持っていた物を手に入れたりして、ご遺体と照合するでしょう」

「兄が持っていた物……」

「なにかあるんじゃないでしょうか」

「ああ、ギターがあります。かたちも色もちがうのが二台」

「高充さんは、ギターを二台も」

「高校生のころ、音楽グループに入っていて、一時は夢中というか熱心に練習していました。もしかしたら音楽の途にすすみたかったのかも」

身元不明の着衣からはコインロッカーのキーが見つかり、それは浜松市楽器博物館内のロッカーのものだった、と小仏がいった。

「兄だということが分かったら、世間に知られるでしょうね」

彼女は、警察だけでなくマスコミが押しかけてくるのを想像しているようだった。

「こんなことになるなんて……」

彼女は顎に手をあてると小さい声で、「主人は世間体を気にするタイプなんです」

と、つぶやいた。

3

吉永里佳の記憶どおり、新見という女性は足立区綾瀬の長尾建設に勤めていた。彼女は大柄だった。顔も腕も陽焼けしていた。

小仏が大友高充についてききたいことがあって訪ねたというと、彼女は同僚の耳を気にする表情をして、「ちょっと外へ出ます」といった。

会社のななめ前が公園だった。滑り台と砂場では幼児を遊ばせている女性がいた。新見は細い流れのそばのベンチの前で足をとめた。小仏がフルネームをきくと、新見マキと答えた。

「新聞に載った身元不明の男の写真を見て、警察に知らせたのは、あなたでしたね」

小仏がきくと、彼女はあらためて彼の顔を見てからうなずき、彼の名刺を見直した。

「わたしは警察に知らせたのに、なぜ私立探偵の方が」

「この件については、私が警察の側面から調査することになりました。マスコミの追跡と報道を避けたいからです」

「警察も調べているんですか」

「勿論（もちろん）です」

「浜松市で起きた事件ということで、初めは新聞に二人の男性の写真が載りました。一人の身元は分かったんですね」

「分かりました。中ノ島豪という名です。磐田市出身で警視庁の警官でした。その名前を、大友さんからおききになったことがありましたか」

「いいえ。彼は、友だちや知り合いのことを話したことはありませんでした」

大友とはどこで知り合ったのかをきくと、綾瀬のゴルフ練習場だったという。彼女はその練習場へ週に二度はいっていた。大友もちょくちょくきていたらしく、ボールを打つ彼女を少しはなれた打席から見ていたようだった。練習場には喫茶コーナーがあった。そこへ大友に誘われ、たびたびお茶を飲みながら会話するようになった。

「一緒にコースへもいかれたでしょうね」

「埼玉県と千葉県のコースへ、何回か」

「彼の腕前は、どうでしたか」

「練習場ではわたしに、スイングの悪いところを指摘してくれましたけど、コースでのスコアは、わたしとはだいぶ」

「あなたのほうが、はるかに上？」

「わたしは父の影響で六歳のときからクラブをにぎってましたので」

「では、大友さんと初めてラウンドしたとき、彼はあなたのプレーにびっくりしたのでは」

「その後は、わたしのスイングを注意しなくなりました」

マキはわずかに頬をゆるめた。彼女は三十半ばだろう。プロゴルファーにならなかっただけで、プロに近いスコアでラウンドするのではなかろうか。

「大友さんと暮らしていたことがあったそうですが、それはどのぐらいの期間でしたか」

「二年ほどでした」

「その間、大友さんがどんな仕事をしていたかをご存じでしたか」

「保険会社に勤めている人に頼まれて、交通事故や火災事故を調べているといっていました。わたしには彼の曖昧（あいまい）な話をきくのが嫌だったので、保険会社はどこなのかをききましたけど、彼は答えてくれませんでした」

「生活費の負担は？」

「毎月、定まった金額をくれましたので、その点わたしは助かっていました」

大友高充とは、どんな男だったかと小仏はきいた。

「いまになって考えると、彼と別れてよかったと思います。別れたといっても、話し合いをしたのではありません。わたしが出勤しているあいだに、自分の身のまわりの物を持って出ていったんです。そんなことをする素振りを見せたことはありませんでした。おたがいにいい歳でしたので、わたしのほうから、結婚を考えたことがあるのと、きいたことがありました。そうしたら彼は、面倒なことだというようないいかたをしましたので、この人にはその意思はないのだと思い、以来、結婚を口にしないことにしました。……それから、月に二、三回でしたけど、帰ってこないことがありました。どこへ泊まったのか分かりませんが、ワイシャツは汚れていませんでした。仕事があったのでと、いい訳をしました。わたしは、嘘でしょっていいたかったけど、黙っていました」

彼女はそういってから、顔を伏せて首を振った。大友への不信感を抱きつづけていたといっているようだった。

「大友さんと浜松は、なにか関係がありそうでしたか」

小仏がきくと彼女は考え顔をしてから、「うなぎパイ」という菓子を持ってきたことがあったという。

「わたしの故郷は秋田市です。妹が二人いて、秋田で家庭を持っています。わたしが大友と一緒に暮らしているあいだに、両親も妹たちも東京へはきませんでしたが、もし東京にくる用事があって、わたしのところへ寄るとか泊まるといわれたら、どうしようと思ったことがありました。男の人と一緒に暮らしているのを話してもよかったけれど、大友を家族に紹介する気にはなれませんでした」

「なぜですか」

「彼は自分の職業を、わたしの親や妹たちに話したり、一緒に食事なんかをしたがらない人だと思ったからです。たぶん、わたしの家族のだれかがくるといったら、彼はどこかへ泊まりにいったと思います」

彼女の観測では、高充は人に職業をきかれるのを極端に嫌っているようだったという。

新見マキとは公園で別れた。彼女は力を込めたような目で小仏を見てから頭を下げると、会社のほうへ小走りに向かっていった。

小仏の足元へ、アブラ蟬がぽとりと落ちた。樹木に張りついているうちか、それとも飛んでいるうちに気でも失ったのだろうか。地面で仰向けになり、もがくように脚を動かしていたが、一分ほどで動かなくなった。

イソは小仏の姿を見ていたらしく、車をのろのろと近づけてきた。

「蟬は暑いさかりにさんざん鳴いてたのに、鳴き声が小さくなったかと思うと、地面にころりと落ちて、一生の終わりを告げるものなんだな」

小仏は助手席でつぶやくようにいった。

「どうしたの、急に」

「蟬のはなしだ」

「所長も蟬と同じで、休むことも忘れてガツガツ働いているうちに、ばたっと倒れて、ころっと死ぬと思うな」

「おまえは、ライアンのカウンターへ頭をぶつけて、それっきりになりそうだな」

西新宿の新宿署の前へ着いた。イソは警察署からはなれた場所で、小仏が出てくるのを待つようだ。

中山刑事課長は、十五年前に発生した歌舞伎町ビル火災の資料を用意しておいてくれた。

小会議室のテーブルで資料をめくりはじめると、馬っ面の課長は立ったまままきいた。

「なにか気付いたことでもあったか」

小仏は火災当時、ビル内のクラブに勤めていた女性にあたってみることを思い付いたのだと答えた。

課長は顎を引くと、用事があったら声を掛けてくれといって会議室を出ていった。

資料には、火災で亡くなった四十四人の氏名と住所が列記されていた。死亡したのは、ビル内の飲食店にいた客と従業員だ。怪我をして病院へ収容された人もいる。

中ノ島豪が警視庁捜査二課に所属していたころ、製薬会社か医療用機器販売会社と国立大学医学部教授や医師との癒着を嗅ぎつける目的で、例の火災のビルに入っていたクラブへ何度かいっていたことが分かっている。医薬品会社が病院の主な医師や事務長などを、飲食店で接待することは珍しくはない。接待を受ける側が仕入れに便宜をはかったり、金銭の授受が明らかになったりした場合は、贈収賄とみられて罰せられる。だが、知友同志の付き合いで飲食をともにしているとみられれば、これはなんの罪にもならない。中ノ島はこの限度をさぐっていたようだが、癒着の確証をつかむことはできなかったらしい。

小仏は、火災によって怪我をして病院へ運ばれた女性のうち二人の氏名と住所をノートに控えた。二人とも「フェアリス」というクラブのホステス。火焔と煙をかいくぐって外へ脱出することができたので、命びろいをした二人である。一人は畠山美雪（はたけやまみゆき）で当時十九歳。もう一人は岩下こいしで当時二十歳。

二人とも当時の住所から移っていたが、現住所を知ることができた。

畠山美雪は結婚して久保田（くぼた）美雪になっていた。現在三十四歳、五歳の長女の母親だ。

小仏は、中野区江古田（えこだ）の自宅へ彼女を訪ねた。彼女は目が大きく鼻が高い。唇の左に白い傷痕がある。ベージュに紺のボーダーの長袖シャツを着ていた。

「自転車で十分ぐらいの歯科医院の受付をやっています。きょうは休日ですので」

と、小仏の顔を見ながら話した。彼は、「思い出したくないでしょうが」と前置きして、火災当時のことをききたいのだといった。

「あのときは学生でした。居酒屋でアルバイトをしていましたけど、時給のよさに誘われて、あの店で働くことにしました」

フェアリスのことである。初めのうちは恥ずかしかった、と彼女は口元を少しゆがめた。

「お客のテーブルに付くだけではなかった？」

「服装がです。店ではドレスと呼んでいましたけど、胸は乳首ぎりぎりまでの丈、薄い布のスカートの裾からは、下着がのぞきそうなほど短めでしたし」

ホステスは十二、三人いたが、全員が二十代前半に見えた。黒服の男が二人いて、暴力団風の客を入れないように目を光らせていた。毎週飲みにくる常連客が何人もいて、店は連日、満席に近い盛況だった。火災は、彼女が入って五か月後に発生した。

「あの火災で、あなたが働いていた店では女性が三人亡くなりましたね」

「男性の店長も亡くなりました。火事だと分かってから、更衣室へ持ち物を取りにいった人は助からなかったようです」

「あなたは、すぐに逃げ出した？」

「早いほうだったと思います。暗い階段を下りていったんですが、箱やらびんなどが一杯置かれていて、一段ずつ踏んで下りられるような状態ではありませんでした。フェアリスは五階でしたが、下りていくあいだにほかのフロアの店から逃げ出してきた人たちと、まるで重なるようにして下りました。途中でわたしは転んで、口の横を切りましたし、左手に火傷を負いました」

彼女は真夏でも半袖になれないのだといって、左の二の腕を押さえた。ビルを出たところで男の人に抱きかかえられて、火と煙から逃れたが、そのあとは気を失い、病院のベッドに寝ているのに気付いたのは何時間もあとだったという。

「フェアリスへは、大学の先生やお医者さんが、製薬会社の社員と飲みにきていたはずです。あなたもそういうお客の席に付いたことがあるでしょうね」

「どこの大学なのかは知りませんが、大学に勤めているというお客さんの席に付いたことは何回かありました」

「製薬会社の人の席には？」

「付いたことがあったと思いますけど、会社名は知りません」

「お客に名刺をもらったことは？」

「なかったような気がします。あの店へくるお客さんが、女のコに名刺を渡すことはめったになかったと思いますし」

「なぜですか」

「女のコが、エッチな服装をしている店へ遊びにきているので、自分の素性は知られたくないからじゃないでしょうか。だれにも見栄があるからだと思います」

「どんな会社に勤めているのか、あるいは中小企業経営者なのか、会話のなかで見当がつくことはあったでしょうね」

「それは、だいたい」

同僚のホステスもいっていたことだが、有名企業や公務員は、勤務先を明かしたりはしなかったという。

休みの日か、店の外で会いたいというお客はいなかったかときくと、そういう誘いは毎夜あったと、彼女は薄く笑った。

4

火災当時、フェアリスでホステスをしていた岩下こいしは、杉並区内の保育園へ保母として勤めていた。

彼女の勤務が終わるのを、小仏は保育園の裏側にある駐車場へ入れた車内で待っていた。珍しいことだが、イソは週刊誌を熱心に読んでいる。自転車でやってきた新聞配達の若者が、せわしげに住宅のポストへ夕刊を差し込んでいる。宅配便のトラックが二台通った。

ピンクのTシャツにベージュの綿パンツの岩下こいしが、走ってきた。布製のバッグを肩に掛け、ハンカチをにぎっていた。小仏は手を挙げて彼女を迎えた。車の後部座席で話をきくことにした。

例のビル火災で彼女は逃げるさい転倒して腕を骨折したし、背中に火傷を負い、渋谷区内の病院へ一週間入院していたという。

「あの店で、あのとき、同じ席に付いていた清花(さやか)さんという女性は亡くなりました。仲よしのコでしたので、わたしは退院後、十日ばかり経ってから、清花さんの実家へ焼香にいきました。火事のときは無我夢中で、暗い階段を滑るようにして下りました。あとから下りてきた人たちに頭を蹴られたり背中を踏まれたりしたし、もう駄目かと何回も諦めそうになりました。清花さんも同じだったと思います」

「同じ席に付いていた清花さんは、店から逃げ出すのが遅れたんでしょうか」

「店のなかのだれかが、『火事だ』って叫んだのをきいて、わたしも清花さんも立ち上がりましたけど、彼女は更衣室かトイレのほうへ走っていったようでした。夢中でしたので、はっきり憶えているわけではありません」

そういってから彼女は、ハンカチを口にあてて俯くと、首を左右にかしげた。

小仏は横から、なにかを思い出そうとしているらしいこいしを観察していた。

「わたし、あの日の清花さんのことで、気になっていることがありました」

彼女はハンカチをにぎった手を膝に下ろした。

「火災の日のことですね」

「清花さんは、あの日にお見えになったあるお客さんにいわれたことで、ひどく落ち込んでいました」

「傷付くことでもいわれた？」

「どんなことをいわれたのかは知りませんけど、胸に手をあてて、『あんなことをいわれるなんて』とつぶやきました。なにをいわれたのかを、あとで清花さんにきくつもりでしたけど、火事が起って……」

清花が落ち込むような言葉を投げた客は、眉を吊り上げ、ドアを蹴って帰った。そのあと店長は清花を呼んだ。彼女とは短い会話を交わしていた。店長は、こいしのいる席へ付くようにと清花に指示した。

「清花さんになにかいって、ドアを蹴って帰ったのは、常連客でしたか」

「わたしが入るずっと前からきている人ときいていました。お客さんを連れておいでになることが多いので、店にとっては大切なお客さんだったようです」

「あなたは、そのお客の席に付いたことは？」

「何回かあります」

「では、名前を知っていましたね」

「雨宮（あめみや）さんです」

「下の名は？」

「知りません」

「年齢は？」

「四十代後半でした」

「会社員？」

「そのようでした」

「なんという会社の社員だったかを、きいたことは？」

「はっきりは分かりませんけど、病院が使う機械を扱っている会社だったようです」

「店で会話をしているうちに、どういう機械を扱う会社かが分かったんですね」

「冗談もいうし、よくお話をする方でした。雨宮さんは、いまにこういう病気が分かる検査機ができるとか、これから何年あとには、お腹を切ったり開いたりする手術はなくなるといっていました。病気はなくならないけれど、病気に効く薬が開発されるので、手術の必要はなくなるという話を、よくされていました。わたしの母は、お腹を開いて、胃を取り除く手術を受けていたので、雨宮さんの話を興味ぶかくきいたものです」

「火事の日、雨宮というお客が、清花さんにどんなことをいったのか、見当がつきますか」

「雨宮さんは、清花さんが好きだったんです。たぶん、お付合いしたかったので、日曜とか、お店を休む日に二人だけで会いたいというようなことを、お店にいらっしゃるたびにいっていたんじゃないでしょうか」

「それに対して清花さんは、彼が満足するような返事をしなかったんですね」

「清花さんは、雨宮さんのことを、苦手、っていっていました。好きになれないだけではなくて、『今夜もあの人の席に付くのかと思うと、胃が痛くなったり、食欲がなくなる』ってきいたことがありました。雨宮さんは何人かと一緒にお店へいらっしゃることがあるので、お店ではいいお客さんだったんです」

「どういう職業の人と一緒にきていましたか」

「清花さんの話では、大きい病院の先生たちらしいといっていましたけど、わたしには職業やお勤め先は分かりませんでした」

「火事の日も、雨宮さんはだれかと一緒でしたか」

「あの日は遅い時間にお独りで。雨宮さんがおいでになったので、べつの席にいた清花さんが店長にいわれてすぐに雨宮さんの横に付きました。十五分か二十分経ったころだったと思います。雨宮さんが急に立ち上がって出ていってしまいました。清花さんと揉めたらしいとは思いました。そのあと清花さんは店長にいわれて、すぐにわたしのいる席に付きましたけど、とても暗い顔をしていたのを憶えています」

「雨宮さんは、あなたを口説いたことは？」

「ぜんぜん。タバコを吸いながら医療用機器のお話をするだけでした」

彼女は首を振った。

よけいなことだと思ったが、小仏はこいしの横顔を見て、独身なのかときいた。

「結婚して、一度はべつの姓になりましたけど、離婚したので、旧姓にもどしました」

駐車場を囲むように建っている住宅に、ぽつりぽつりと灯が入りはじめた。

「あなたがフェアリスにいるあいだに、警視庁の刑事からなにかきかれたことはありませんか」

「ありません。あの店が、調べられるようなことをしていたんですか」

「どんな客がくるかを、さぐっていた時期があったようです」

彼女は、だれのことだろうというふうに首をかしげた。

駐車場から車が二台出ていった。遠くで救急車のサイレンが鳴っていた。

岩下こいしと別れると、イソが、

「いまの女性は何歳ですか」

ときいた。

「三十五」

「離婚して、いまは独りか」

イソはなにを考えているのか、ハンドルをにぎってつぶやいた。

小仏は、新宿署で資料を読みながらノートに書き取ったメモを読み直した。歌舞伎町のビル火災の出火原因の拾い書きだ。

初めは漏電説が有力だった。焼け跡の階段からタバコの吸い殻がぎっしり入ったバケツが見つかったことから、同じようなバケツから完全に火が消えていない吸い殻がくすぶり出し、それがやがて炎になったのではないかという見方もあった。この見方だと失火であるが、一階から二階への踊り場でポケットに入るサイズのマッチ箱が発見された。鷲の絵をあしらった箱である。それにはマッチ棒は一本も入っていなかった。使い捨てライターの普及で、十五年前もマッチを持ち歩く人はごく少なかったはずである。

マッチの空箱が見つかったことから、何者かが、踊り場に置いてあった物に火を点けたのではないかという見方がされ、放火の線で捜査がはじめられたという記述があった。

小仏は、さっき会った岩下こいしの話を思い出した。

清花というホステスに惚れていた雨宮という男は、こいしにはタバコを吸いながら医療器械の話をさかんにしていたということだった。

小仏は、さっき番号をきいたばかりのこいしのケータイに電話した。彼女はすぐに応答した。

「雨宮という男は、タバコを吸っていましたね」

「はい。水割りを飲みながら、何本も」

「タバコの火は、あなたが点けた？」

「あの方は変わっていて、いつもマッチを持っていて、それをご自分で。タバコの火を人に点けてもらうのが嫌いだといったことがありますし、マッチをすったときに出る硫黄の匂いが好きだといっていました」

「そのマッチの箱を見たことがありますか」

「わたしには珍しいので、火を点けてみたこともあります」

「マッチ箱には絵が付いていたと思いますが、どんな絵だったか憶えていますか」

「動物の絵だったような気がしますけど、はっきりとは憶えていません。雨宮さんは、飲食店でもらったらしいマッチを持っていたこともありました」

車が西新宿を通過したところで、イソに方向転換を指示した。

「急になにを思い出したの」

「新宿署へいくんだ」

「所長は、警察が好きなんじゃ」

「好きだったら、辞めなかった。おまえは？」

「大嫌い」

新宿署ではふたたび中山刑事課長に会った。フェアリスの常連客のなかに、マッチを持ち歩いて、マッチでタバコを吸っている男がいたが、その男に注目したかをきいた。課長は、歌舞伎町ビル火災の継続捜査班を小仏に紹介した。

捜査班は、焼け跡から発見されたマッチの空箱に関心を持った。それを特別証拠物として保管しているが、いつだれが捨てたものか、火災と関係があるものかは不明なので、記録しているだけだと分かった。当該事件の資料には、マッチ箱の写真も添付されていた。

小仏は、火災当時、フェアリスでホステスをしていた岩下こいしの記憶を話した。いつも持ち歩いているマッチでタバコを吸っていたという男の名字は雨宮。彼女に語っていた話の内容から、医療用機器を扱う会社の社員だったと思われるので、その男を特定したいがどうかと小仏はいった。

5

事務所にもどった。イソは、「腹がへった。きょうはなんでもいいから、早くなにか食わせてくれ」と、同じ文句を繰り返していたが、小仏はきこえないふりをした。

シタジは、報告書を書いていた。きょうの彼女は、エンサイの水谷社長の愛人の一人である西川景子と同居している女性の外出を尾行した。その女性は評判どおりの美人だった。彼女は午後五時半に自宅マンションを飾り気のない服装で出ると、電車に乗った。赤坂で降り、一ツ木通りの美容院へ。七時十分、和服に着替えてそこを出てくると、歩いて三分のビルに入った。彼女が入ったのはそのビルの三階にある［雛（ひな）］というクラブ。彼女はその店のママで経営者だと分かった。西川景子は、毎週金曜には雛へ出勤して、ホステスとして働いているのをシタジはつかんできた。

小仏は、シタジが調べてきたことを、水谷社長に電話で報告した。

「景子がその店で……」

社長は小さい声でいった。気に食わぬことがまたひとつ増えたといっているようだった。目下彼には愛人が七人もいるということだったので、あと四人の現況も調べてくれというのかと思ったが、不機嫌そうな声で小仏の報告をきき終えると、電話を切ってしまった。

「所長。例の歌手が分かりましたよ」

シタジが椅子を立った。例の歌手とは、浜松市引佐出身の田川侑希のことだ。

「住所が、分かったのか」

「住所は不明ですが、スケジュールが分かりました」

歌手というのだから、小仏の推測があたっていたことになる。

シタジの知人が心あたりに照会したところ、北海道の温泉地などでうたっている三十代半ば見当の女性がいる。その女性は足に軽い障害があることが分かった。そこで田川侑希の写真を見てもらった。「まりこ」という名でうたっている女性にまちがいないという返事が届いたのだという。

「その歌手のスケジュールは？」

「おとといまで登別(のぼりべつ)温泉のホテルに出ていましたが、あしたから三日間は、定山渓(じょうざんけい)温泉の親葉亭(しんようてい)ホテルに出演することになっています」

「札幌だな。まりこという女性は、独りで活動しているのか」

「詳しいことは分かりませんが、付人のような男性がいるそうです」

「そうか」

小仏はノートをめくっていたが、「あした札幌へいく」

と、エミコの背中を見ながらいった。

「またまた急に。……浜松の事件とも、歌舞伎町のビル火災とも、関係ないのに」

イソだ。

「田川侑希の両親や弟は、彼女がどこかで生きているのを信じている。おれは侑希の身を気遣っている母親の顔を見ているうち、さがし出してやりたいっていう気になったんだ。侑希は親たちにも告げずにいなくなったが、それは親たちに話しても理解されないだろうっていう事情があったからだ。人からは理解されないその事情を、彼女は捨てることができなかったんだ。いまも彼女は、その事情を抱えているような気がする」

「くる日もくる日もおれたちを、鬼のような顔をしてコキ使ってるのに、人が変わったようなことをいってるけど」

イソは、エミコがグラスに注いだ麦茶を飲むと、「きょうも芝川にしようかな」

とつぶやいた。

シタジはパソコンに向き直って、レポートのつづきを書きはじめた。

エミコは流し台を向くと洗いものをはじめた。

「札幌へは、おれもいくの」

イソだ。

「おれ独りでいく。警察も調べるだろうけど、おまえは、医療用機器業界のどこかに勤めている雨宮姓の男をさがせ。雨宮姓の男がいたら、そいつの身辺を詳しく調べろ」

「何歳ぐらいの男?」

「十五年前、四十代後半だったっていうからいまは六十代だ。その歳に該当する男が見つかったら、写真を撮れ」

「警察が割り出したら?」

「詳しい情報はもらえない。だからこっちは独自に、詳しく調べる。いっておくが、該当者と思われる男が見つかっても、そいつに直接会うなよ」

「所長はいつ帰ってくるの」

「それは分からない。まりことという歌手が、はたして田川侑希かどうかもまだはっきりしていないし」

イソは、焼き鳥屋の鳥新へいこうとシタジを誘った。

「十五分か二十分経ったらいきますから、イソさんは先にいっててください」

シタジは、パソコンの画面をにらんだまま返事をした。

イソは、エミコにも声を掛けた。

「わたしは今夜、観たいテレビがあるんです。ごめんなさい」

イソは返事をせずに事務所を出ていった。

小仏は、定山渓温泉の親葉亭ホテルへ電話して、まりこという歌手が出演するのはいつかと尋ねた。

「あしたから三日間でございます。毎夜七時半からとなっております」

女性が応じた。

小仏は、あすの宿泊を予約した。


翌日、小仏は午後の航空便で札幌へ飛んだ。札幌との往復は数えきれないほどだが、いつも満席だ。北海道新幹線が開業したが、それは函館までだからか、新千歳(しんちとせ)空港へ向かう人の数は変わらないらしい。

札幌からタクシーで定山渓温泉の親葉亭ホテルに着いた。ここには客室が二百五十もあって、この温泉地の代表格だ。

そろそろ大雪山系の山は雪化粧をするだろうから、北海道は紅葉のシーズンに入っている。遠方からの観光客らしい人たちが、フロントでチェックインの列をつくっていた。小仏はコーヒーラウンジから次つぎに入ってくる年配の旅行者たちを眺めていた。

夕食までに一時間以上あったので、温泉に浸った。湯槽はいくつもあって温度が異なっていた。岩に囲まれた露天風呂に浸かると、紅や黄に染まった木の葉が舞ってきて湯面に浮いた。長湯をして汗をかいたが、垣根を越えてくる風はひやりとしていた。

浴衣に半天を羽織って夕食のレストランへ入った。そこは個室式に仕切られていた。通路の両側から客の話し声や笑い声が漏れている。小仏のような単独客はいないのではなかろうか。

子持ちアユの有馬煮と、生カキの塩辛と、マツタケの合鴨巻きを肴に、北海道の清酒・男山(おとこやま)をちびりちびりと飲った。この夕食のメニューをイソに話したら、癇癪を起こして気絶するかもしれないし、招びもしないのに定山渓温泉へやってきそうな気もする。

これからの小仏には大事な用事があるので、酒は控えめにした。

このホテルの地階ホールでは、毎夜、さまざまなショーが催されているようだ。料理を運んできた和服の女性従業員に、今夜はどんなショーかをきいてみた。

「きょうは、歌謡ショーですが、歌の合間にマジックショーが入ることになっています」

二十歳ぐらいだろうと思われる赤い頬をした女性は、笑い顔で答えた。

「歌謡ショーには、歌手が何人も出るの」

「独りです。まりこさんという歌手です」

「あなたは、その歌手のステージを観たことは」

「あります。何回も」

「ほう。ではまりこさんは何年も前から出演しているんだね」

「わたしはここへ勤めて三年目ですけど、まりこさんはその前からうたっているということです」

「いくつぐらいの人ですか」

「三十代の半ばではないでしょうか」

「どんな歌をうたうのかな」

「主に演歌です。まりこさんの歌をきくために、札幌からおいでになる年配のお客さまが、何人かいらっしゃいます」

「熱心なファンなんだね」

「ショーは七時半からですので、お客さんもぜひいらしてください」

彼女は笑顔のまま去っていった。

構内放送のスピーカーが、歌謡ショーの案内を告げはじめた。

小仏は部屋へもどって着替えをしてから、ホールへ入った。

舞台には海の波頭を描いた幕が垂れていた。客席には円型テーブルがいくつも据えられ、十人ほどの客がステージに近い席で酒を飲んでいた。みな浴衣に半天を重ねて赤い顔をしている。

スピーカーが開演を告げた。何人かが拍手した。音楽が鳴りはじめた。その曲にはきき覚えがあった。音にボリュームがない。楽器がごく少ないからかと思った。幕が上がった。また何人かが拍手した。

ステージの中央で和服姿の女性がマイクをにぎっていた。演奏者はいなかった。歌手のななめ後ろにラジカセが置かれているだけだった。歌手は笑みをたたえながら、港をはなれていく船を見送る哀切な詩の歌をうたった。声はハスキーだ。一曲うたい終えると、自己紹介の挨拶をした。まりこだった。話しかたには慣れがあった。身長は一六五センチぐらいか。面長の中肉だ。小仏は侑希の母親からあずかった写真をそっと出してみた。写真よりもまりこは痩せているが、顔の輪郭と口元は紛れもなく田川侑希だった。

客は二十人ぐらいに増えていた。ギターの前奏が鳴りはじめた。雪の中を北へ北へと走る汽車の曲と、霧笛がきこえる夜の酒場をうたった。うたい終わった瞬間、聴いていた人たちは拍手を忘れてうっとりと、まりこの顔を見つめた。一人か二人が拍手した。それに気付いたように、拍手が一斉に湧いた。

マジックショーをはさんで、今夜のショーは一時間半で終った。

小仏は舞台の袖を見ていた。まりこと、髭を生やした年配の男と、マジシャンが舞台の片付けをしていた。まりこは黒い大きいバッグと舞台用の衣装を抱えて、廊下の奥へ消えた。左の足を引きずるような歩きかたをしていた。

小仏は、彼女の後ろ姿を見送っただけで声を掛けなかった。まりこは三晩、ショーに出演することになっているのだから、その間、このホテルに滞在しているのだろう。舞台の片付けをしていた髭の男は、箱のような物を抱えて、まりこが去っていった廊下を奥のほうへ消えていった。

翌朝である。朝食の会場は椅子席だった。テーブルの上の盆には食器が用意されていて、客が席に付くと女性従業員がお茶を注いだ。テーブルには小型のコンロがのっていて、魚の干物を焙るようになっていた。

小仏は、食事がすんだ客のテーブルを片付けている一人の女性に注目した。歩きかたに特徴があったからだ。彼女のからだの向きが変わった。ゆうべ、二十人ほどの宿泊客を釘付けにしたまりこだった。髪形を変え、化粧けのない彼女は、朝食会場で従業員にまじって手伝いをしていた。動作を観察していると、日常生活に問題はなさそうだ。

彼は時間をかけて朝食を終えた。

まりこをさがした。彼女は客が脱いだスリッパをそろえていた。彼は彼女に近寄ると、ケータイの番号を書き加えた名刺を渡して、手が空いたら連絡してもらいたいと告げた。彼女は名刺を見てから小さくうなずいた。

まりこは一時間後に電話をよこした。会って話したいことがあると彼がいうと、彼女は、地階のホールでどうかといった。彼女は小仏の用事をどうとらえているのだろうか。浜松市引佐で起きた奇怪な事件を知っているだろうか。

薄暗いホールへ入ると、壁ぎわの椅子からまりこが立ち上がった。朝食会場にいたときと同じ服装をしていた。広いホールにはほかに人はいなかった。どこかを補修でもしているのか、釘を打つような小さな音がきこえた。

「ゆうべはここで、あなたのうたを、最後まできいていました」

立ったまま小仏がいうと、彼女は声を出さず、「ありがとうございました」と口を動かした。微笑みもせず無表情だった。

小仏もまりこも腰を下ろした。

「田川侑希さんですね」

まりこの眉がぴくりと動いた。彼女は小仏の顔をあらためて見てから、「はい」といった。

「あなたのご実家で、ご両親にお会いしました」

小仏は、浜松市中心街の料理屋の献矢で、そこに働いていた侑希のことをきいたあと、実家を訪ねたことを話した。

彼女はハンカチを取り出した。目にあてる前に涙が頬を走った。手を合わせた。両親を前にしたように何度も頭を下げた。

「引佐には、龍潭寺という井伊家の菩提寺がありますが、そこの北側の空き地で、男が二人奇妙なかたちで発見されました。それはご存じですか」

「知りません。このごろはめったにテレビのニュースも観ないものですから」

彼女は赤い目をした。顔色は蒼くなった。

「ゆうべ、舞台の袖にいる男性を見掛けましたが、あの方は中ノ島長治さんではありませんか」

侑希は、赤い目を見開いた。同伴者についても知られていたのかといっているようだ。

「中ノ島さんは、七十一歳のはずですが、ご健康なんでしょうね」

「はい。最近は……」

病んだこともあったというのだろう。

「お住まいは」

「札幌です。きょうとあした、ここでの公演を終えたら、二日休んでから、函館の湯の川温泉のホテルでうたいます」

「ご両親と弟さんに、電話で声だけでもきかせてあげたらどうですか」

彼女は目にハンカチをあててうなずいた。

彼女はこれから何年も活躍できるだろう。メジャーの芸能機関が彼女の起用を思い立つかもしれない。彼女の活動が控えめなのは、中ノ島長治と一緒だからにちがいない。長治は、磐田市にいる妻のもとへ帰る意思はないのだろうか。

長治も、引佐の奇妙な事件を知らないのかと、小仏は侑希にきいた。

「知らないと思いますが、その事件となにか？」

彼女が小首をかしげたところへ、ドアがあいて髭の男の顔がのぞいた。男はまりこをさがしていたようだ。

小仏が椅子を立った。ホールへ入ってきた男に、

「中ノ島長治さん」

と呼び掛けた。男はたじろいで棒立ちになった。

椅子にすわった長治は震えていた。

小仏は、ここへくるまでの道のりを話した。

息子の中ノ島豪は、龍潭寺の近くで重傷を負って発見された。病院で手当てを受けていたが、重傷ゆえに助からなかった。彼は病院で小仏太郎と名乗っていた。豪も小仏も、元は警視庁の刑事だった。たがいに所属はちがっていたが、修羅場のような事

件現場で顔を合わせていた。豪の目と耳には小仏太郎の名が、刻印のように貼り付いていたらしい。

「ご両親思いのいい息子さんでしたが、亡くなるときは、なにをされていたか……」

小仏は、灯りの点いていない広い天井を見上げた。

第五章　底知れぬ暗闇

1

小仏が事務所へ帰り着いたところへ、田川侑希の母親から電話があった。

「さきほど、侑希から電話がありました」

彼女はそういったが、すぐに涙声になった。侑希の声を十年ぶりにきいたときも、泣いたことだろう。

「小仏さんは、侑希に会いにわざわざ北海道へいってくださったそうですね」

彼女は、きれぎれにいった。

「人並みはずれて歌が上手だったというお母さんのお話が、ヒントになったんです」

「侑希の歌を聴いてくださったんですね」

「まりこさんの歌を聴いて、何人かが泣いていました。私も、まりこさんのような歌手の歌を聴いたのは、初めてでした」

「電話できいた侑希の声は、とても苦しそうでした」

「電話しようとか、手紙を出そうと、何度も迷っていたにちがいありません。侑希さんはご両親に背いていると思って、言葉が見つからなかったんです。きょうのお母さんへの電話の声は、苦しそうだったでしょうが、彼女には、これからいいことが訪れそうな気がします」

「これから、いいことが……」

彼女は小仏の言葉の意味をさぐっているようだった。

イソとシタジは、東京の医療器機業界で雨宮姓の男をさがしていた。

「文京区本郷に、雨宮姓の一族が経営している医療器機販売会社があることが分かりました」

イソがいった。

「一族っていうと、一社に雨宮姓の男が何人もいるんだな」

「少なくとも七人」

歌舞伎町のフェアリスで、ホステスの清花にいい寄っていた雨宮姓の男は、四十代後半だったという。年齢の見当がはずれていなければ、その男は現在六十代だ。

「なんていう会社だ」

「ユニーメディカです」

「老舗の大手だ。七人のなかに六十代の男がいるか。あるいは退職しているかも」

シタジが事務所へもどってきた。彼もユニーメディカという会社の経営陣は雨宮一族が占めていることに注目して、雨宮姓の氏名とそれぞれの年齢をさぐってきたのだった。

「驚きました。雨宮姓の社員が七人いるといったのは、役員のことでした。役員以外の社員にも同姓が十人いて、そのうち五人は女性です。つまり夫婦で勤めている人たちがいるんです」

シタジはパソコンに、ユニーメディカの雨宮姓の役員と社員の名と年齢を打ち込んだ。

会長は八十六歳、社長は六十歳、専務六十六歳、常務が二人いて三十四歳と三十二歳、平取締役は七十歳と四十五歳。

社長と専務、それから七十歳の平取締役も調査対象にした。

「あした、イソとシタジは、ユニーメディカの雨宮姓の三人が十五年前、たびたびフエアリスへいっていたか、酒を飲むか、あるいは飲んでいたか、タバコを吸っていたか、目立つ癖があったかを調べろ」

イソとシタジはうなずいた。

「所長の勘は、珍しくぴたりあたってて、北海道の温泉で演歌を歌っていたのは、田川侑希だった。彼女を撮ったでしょうね」

イソがボールペンを操りながらいった。

「ああ」

小仏はスマホの画面を見せた。

「へえ、愛敬のある顔で、実際の歳よりいくつも若く見える。和服も似合ってる」

「ただ歌が上手いだけじゃ歌手とはいえない。観察していると、彼女の人柄が大勢の人に好かれたんだと思う」

「ステージを一回見ただけで、そういうことが分かったの」

「初めのうちは仕事は少なかっただろうが、何年も経つうち、彼女の値打ちのようなものが伝わったんだろうな。イソにいっても、理解されないと思うが」

「なんでよ。おれにだって、人柄とか、人の値打ちは分かるよ。鬼のように冷たくて、残酷な人のことも」

シタジは、吹き出しそうになった口を押さえた。

デスクの電話が鳴った。エミコが応答した。

「はい。たしかに小仏探偵事務所ですが。どちらさまで。……磐田市の、はい、お待ちください」

彼女は送話口を手でふさいで、「磐田市の中ノ島さんとおっしゃる女性です」

と、目を細めた。中ノ島豪の母親で、十年前に姿を消した長治の妻のあい子だ。

小仏は受話器を受け取ると椅子に腰掛けた。

「一時間ほど前ですが、主人の長治が電話をよこしました。びっくりいたしました。主人はまるで、他人にいうように、二、三日中にそっちへいきたいがいいかとききました。小仏さんは、北海道にいる主人に会いにいかれたそうですね」

「はい」

「主人の居所が、どうしてお分かりになったんですか」

「いずれお目にかかる機会があるでしょうから、そのときに。……ご主人をお迎えになるのでしょうね」

「わたしには、なんの不都合もありませんので。十年ものあいだ、放っておかれた恨みをいうとは思いますけど」

彼女は、細いが明るい声で、「またこちらへおいでになったら、寄ってください」

といって電話を切った。

翌日、イソは、ユニーメディカの雨宮社長の過去や、趣好や、癖などを、シタジは、同じく雨宮姓の専務の背景を調べた。

社長は会長の長男。下戸で、付合いの席でもジュースなどの飲料を飲んでいる。十年ほど前まで喫煙していたが、胃に潰瘍が見つかり、医師からタバコをやめるようにと説得され、半年ぐらいかけて完全に禁煙した。十五年前はアメリカのユニーメディカで社長をつとめていた人。

社長と専務はいとこ同士。十五年前の専務は五十一歳だった。大学卒業後、十数年間は銀行に勤めていた。ユニーメディカに入社すると経理部に所属。現在も経理担当役員を兼務している。付合い程度の飲酒はするが、タバコを吸っていた時期はなかった。

この調査結果から、フェアリスで取引先をたびたび接待し、単独でも飲みにくることがあった雨宮は、ユニーメディカの現社長でも専務でもなさそうだ。フェアリスで清花を口説いていた雨宮は、いつもポケットにマッチを入れていた。そのマッチには動物の絵が付いていたのを、彼の席に何度か付いたことのある岩下こいしは記憶していた。その雨宮にひとつ癖があった。人にタバコの火をつけてもらうのが嫌いで、自分でマッチをすっていたという。

イソとシタジには、医療器機業界でべつの雨宮姓の男をさがさせることにした。

ゆうべは夜半から明け方にかけて、台風の風雨が窓を叩いていた。それの名残りのように窓のガラスにサクラの枯れ葉が貼り付いていた。

出勤したエミコが、靴を脱ぐ前に、

「所長にお客さまです」

といった。

朝刊を広げていた小仏は玄関を向いた。調査依頼人だろうと思ったので、「どうぞ」というと、女性の声が小さくきこえた。エミコより少し上背のある女性が入ってきた。見覚えのある人だったが一瞬、だれだったかと、小仏は首をひねった。

エミコはスリッパを出して、「どうぞお上がりください」といった。

「小仏さん。おはようございます」

なんだかなれなれしい挨拶だ。小仏は椅子を立って朝の来客を迎えた。思い出した。足立区千住に住んでいる大友志津だった。大友高充の母親だ。

「亀有駅に早く着いちゃいましたので、駅前で時間潰ししてたんですよ」

まるで待ち合わせの約束でもしていたようないいかたである。

「なにか急なご用でもありましたか」

小仏は志津をソファにすわらせた。

「きのう警察から連絡がきまして、浜松のなんとかいうところで見つかった男が、高充だと分かったそうです。まだ調べることがあるので、高充を渡すことはできないということでした。娘の里佳に知らせましたけど、わたしは居ても立ってもいられなくなって、ゆうべはろくに眠れませんでした。まだ暗いうちに起き出して、仏壇の前にすわっていましたら、ふっと小仏さんを思い出したんです。ちょっと恐いお顔だけど、頼もしそうなので、相談相手になっていただけそうと思いましたので」

駆けつけたというのだろう。小仏は、彼女の相談に乗ってやれるかどうかは不明なので、高充がなぜ無惨な姿にされていたのかの調査はつづけていると話した。

シタジが出勤した。彼は自分の席へいく前に志津に向かって、「いらっしゃいませ」と、レストランのボーイのような挨拶をした。志津は膝に手を置いて頭を下げると、シタジの背中をじっと見ていた。

ドアが音もなく開いて、イソがぬうっと頭から入ってきた。来客があったからか彼は、靴を脱がずに立っていた。

志津はイソを観察するように見てから、

「おはようございます。お邪魔しています」

といった。

イソはこくりと首を動かした。

「何人もいらっしゃるんですね」

志津は、お茶を出したエミコに頭を下げると、

「小仏さんの奥さんですか」

ときいて微笑した。

エミコも笑顔になって、従業員だと答えた。

志津は腰掛けたまま背伸びすると、

「小仏さんは、ここに寝ていらっしゃるの」

と奥のほうをのぞくようにした。

「ここが私の住所です」

「お独りですか」

「はい」

彼女は、衝立の向こうへ去ったエミコのほうへ首をまわした。

「お仕事は、お忙しいの？」

「ええ、まあ」

「探偵事務所の仕事って、面白そうですね」

「面白いことなんて、ひとつもありません」

「そう。だって毎日、人が隠していることを調べているんでしょ」

「隠していることばかりじゃありません」

いったいこの六十七歳の目的はなになのか。

安間から電話が入った。

「小仏は、十五年前の歌舞伎町のビル火災に関することをさぐっているらしいが」

新宿署の中山刑事課長が知らせたのだろう。

「そうだ」

「こっちが頼んだ案件と関係があるのか」

「はっきり、あるとはいえないが、どこかでからんでいそうだとみたんでな」

「寺内にきいたが、中ノ島豪は、火災の前に、焼けたビルに入っていたクラブホステスにあたって、その店へくる客の職業をさぐっていた時期があった。彼が会ったことのあるホステスの何人かが、火災の犠牲になっているらしい。彼は、亡くなったホステスの墓参りにもいっているということだ」

安間はそれだけいうと電話を切った。

志津は、小仏の電話がすむのを待っていた。

「わたし、これから先、なにかやっていないと生きていけないので、ここの仕事を手伝わせていただけないかしら。ここにいて、高充がどうしてあんなことになったのかを知りたいんです。息子が事件に遭ったからって、めそめそしている女じゃありませんの、わたしは」

困ったことをいう女性だ。

「あなたに手伝っていただくような仕事は……」

「調査には、なにか資格とか、免許が要りますの？」

「いえ。ここで請けているのは、日曜も祝日もないし、何日も眠ることができない仕事ばかりですので、大友さんには無理です」

「それほど忙しいんですの？」

そんなふうには見えないとでもいうように、彼女は事務所をぐるりと見まわした。

シタジは、背中を丸くして電話をしている。

イソは、小仏と志津の会話に興味があるらしく腕組していたが、あくびをしたあと、窓のガラスにヒビが入るようなくしゃみをした。

小仏は立ち上がるとイソの背中にまわって彼の耳を引っ張った。目ざわりだから出掛けろと耳にささやいた。

「おれは電話がくるのを待ってるの」

イソは口をとがらせた。

「だれから？」

「医療用機器業界に通じている人」

ユニーメディカ以外の同業他社に雨宮姓の社員がいるかを頼んであるのだという。

「外へ出てその人からの返事を待ったらどうだ」

「そうする」

イソは、ぐずぐずと椅子を立った。が、彼のスマホが鳴った。彼は電話してきた相手に礼をいい、「はい、はい」と答えていた。雨宮姓の人が見つかったが、イソのいう男の年齢に該当しなかったようだ。相手は業界通に照会して、あらためて知らせるといったようだ。

ソファに腰掛けていた志津に睡魔が襲ってきたらしく、舟を漕ぎはじめた。小仏は彼女に帰ってくれというつもりだったが、なにもいえなくなった。彼女はゆうべ眠っていなかったのだ。息子が事件に巻き込まれたといって、めそめそしている女ではないなどと強がりをいっていたが、じつは寂しくて哀しいのだ。床に入っても眠れず、起きてもじっとしていられないので出掛けてきたのだろう。

彼女は腕を組んだまま横になった。他人のところにいるのを忘れてしまったのだ。

「あらあら」

エミコは、ソファに横になった志津を見ると、小仏の部屋に入った。毛布を抱えてくると、正体を失くしている来客にそれをそっと掛けた。デスクの電話が鳴ったが、志津は目を覚まさなかった。

2

大友志津は、二時間眠って目を覚ました。起き上がった彼女は身震いして、まわりを見まわした。

「わたし、なんということを。よそさまのところで」

恥ずかしいのか後悔しているのか、首を振った。からだに掛けられていた毛布を丁寧にたたんだ。

エミコが湯気の立ちのぼるお茶をテーブルに置いた。志津は頭を下げると、お茶を一口飲んで胸を撫でた。

「けさは食事をされましたか」

小仏がきいた。

「食べませんでした。お仏壇の水を取り替えただけでした」

「大友さんは、なにがお好きですか」

エミコが志津の背中にきいた。志津はエミコに首をまわした。

「これといって好きな物は……」

小仏が、うなぎはどうかときいた。

「うなぎの蒲焼きは大好きですけど、しばらく食べていません」

小仏はエミコに、志津と一緒に芝川へいくようにといった。

「みなさん、お忙しいのに、わたしにはおかまいなく」

志津は顔の前で手を振ったが、帰るとはいわなかった。

イソとシタジは、電話を掛けたり受けたりしていたが、二人とも昼食に出掛けた。

小仏には、エミコが出前を手配したざるそばといなりずしが届いた。小仏がそばを一口すすったところへ、元フェアリスのホステスだった岩下こいしが電話をよこした。

「思い出したことがありました」

彼女はそういってから密やかな声で、「例の火事で亡くなった清花さんにいい寄っていた雨宮さんには、左目の横に瘤があったのを思い出したんです」

「瘤ですか。それは目立つほどの大きさ？」

「直径は二センチぐらいだったでしょうか、盛り上がっていて、少し色が変わっていたような気がします。この前、小仏さんから雨宮さんの顔の特徴をきかれましたけど、ちゃんと答えられませんでした。それで、どんな人だったかをずっと考えていたんです。けさ方、寝床の中でふと、あの雨宮さんの顔が、まるで本人が目の前にいるように浮かびました。四角ばった顔で、髪も眉も濃くて、厚い唇でした」

こいしのいった顔の特徴を小仏はメモした。食事からもどったイソとシタジに、そのメモを渡した。

芝川でうなぎの蒲焼きを食べてきた二人ももどってきた。好物を腹一杯食べた志津は帰宅することだろうと小仏は推測したが、

「小仏さん、ご馳走様でした。あんなにおいしい蒲焼きは初めてでした。きょうのことは、一生忘れません。こちらのみなさんは、あのお店のうなぎをしょっちゅう召し上がっていらっしゃるので、お元気なんですね」

志津は小仏の前でそういった。

イソもシタジも、珍しい動物に出会ったように、志津を見ていた。

「大友さんは以前、有名な音楽事務所にお勤めなさっていたそうです。それをうかがったので、北海道のまりこさんのことを話しました」

エミコが、小仏と志津の前へ湯吞みを置いた。

「温泉地のホテルでうたっているという女性は、何歳ですか」

志津が小仏にきいた。

「三十六です」

彼は定山渓のホテルで撮ったまりこを見せた。

「まあ、器量よし。演歌向きの顔立ちですね」

彼女はじっとスマホの画面を見ていたが、瞳をぐるりと一回転させた。それまでの

志津とは別人になったような目つきをした。

小仏は、まりこの本名は田川侑希であることと、少女時代にＮＨＫのど自慢グランドチャンピオン大会で特別賞に選ばれた人だと話した。

「小仏さん、その歌手のうたをお聴きになって、どんな感想をお持ちになりましたか」

「私の感想はあてになりませんが、まりこさんのうたを聴いていた何人かは、泣いていました。私は、歌手のうたを聴いて泣いている人たちを見たのは、初めてでした」

志津は、眉間を寄せると小仏の話にうなずくように首を動かした。

「わたしは、高校を出ると、赤坂の岩川プロダクションに勤めました。当時の社長の岩川寛は叔父で、いまはその息子が社長です。親戚という関係で、高校生のころから叔父の会社へ出入りしていましたし、いろんな歌手のコンサートなどを観にいっていたんです」

「岩川プロダクションは、業界の大手です」

それまで黙って志津の話をきいていたシタジが、身を乗り出した。

岩川プロダクションに就職した志津は、幾人もの作曲家や作詞家や演奏家とも知り合ったという。

「小仏さんは、まりこさんのＣＤをお持ちですか」

志津は急にプロデューサーにでもなったようなことをいった。

定山渓の親葉亭ホテルでは、まりこのCDを売っていたが、小仏は手に取らなかった。きょう、このような展開があることなど、勿論想像しなかった。

「まりこさんは、プロの歌手になる気はなかったんでしょうか」

「なりたいとは思っていたでしょうが、岩川さんのようなところから、声が掛からなかったようです」

志津はまりこの現況をきいたので、年齢差のある男性と一緒になったがために、肉親と音信を絶っていたのを小仏は話した。

「三十代半ばなら、まだチャンスは……」

志津はなにかを思い立ったようだ。ソファから立ち上がると小仏に礼をいい、三人に頭を下げると、「またうかがいます」といって事務所を出ていった。事件に遭った息子のことをすっかり忘れてしまったようでもあった。

イソは掛かってきた電話にうなずいていたが、電話を終えるとシタジを促した。文京区湯島にある医療用機器販売の岸本商会の専務は、雨宮昌幸といって六十歳見当。四角張った顔で、左目の横に瘤があったという連絡を受けたのだった。イソとシタジは、雨宮昌幸という男が会社を出てくるのを張り込んで、写真を撮るだろう。四角張った顔と左目横に瘤があったという特徴は、岩下こいしの記憶と合っていそうだ。

岸本商会は古そうな五階建てビルだと、現地で張り込みをはじめたシタジから連絡があった。

「人の出入りの多い会社か」

小仏がきいた。

「人の出入りは少なさそうです。張り込みをはじめて三十分ですが、ビルへ入っていったのは二人、出てきたのは三人です」

「ビルから出てきた人を一人残らず撮ってこい」

イソとシタジは、日が暮れてからもどってきた。明るいうちに車の中から望遠レンズで撮ることができたのは九人だった。

「七番目にビルを出てきたのが、所長のメモにある男に似ているような気がします」

シタジがモニター画面を拡大した。スーツにネクタイのその男は顎に髭をたくわえている。四角張った顔だが、左目の横に瘤があるのかどうかははっきりしない。左の目尻に小さな黒いシミのようなものが写っているので、それが瘤なのかもしれなかった。イソとシタジの見当だと、その男の身長は一七〇センチ近くで太り気味。

小仏は、保育園で保母をしている岩下こいしに電話した。留守電になっていたので、名乗っただけにした。

十五、六分するとこいしが電話をくれた。

スマホに写真を送るので、見てもらいたいと頼んだ。

こいしは、写真を見た感想を電話してきた。

「わたしが憶えている雨宮さんは、写真の男性ほど太っていません。髭を生やしているせいかべつの人のような気がします。それとはっきり憶えているのは、左目の横の瘤です」

小仏は、あらためて撮った写真をまた送る、といった。

「小仏さんの調査には協力するつもりですけど、わたしの身に、危険なことが起ったりはしないでしょうね？」

彼女の声はいくぶん震えていた。

小仏は、迷惑を掛けるようなことはしないので、これからも協力してもらいたいといった。彼女は十五年前、胸をあらわにし、短いスカートをはいて、男客の横にすわっていた日を後悔しているのではないか。

次の朝、小仏探偵事務所に花屋から鉢植えのコスモスが届いた。目が覚めるように開いている花は、赤、紫、ピンク、白で、五〇センチぐらいの丈がある。

「まあ、きれい。みごと」

エミコが声を上げた。花の送り主は大友志津だった。ｍｅｓｓａｇｅの小袋が付いていた。［あした、函館へいってまいります。岩川プロダクションの現社長にまりこさんのことを話しましたところ、彼女のうたを聴いてくるようにといわれました］

きのうここで、正気を失くして眠っていた人とは思えない美しい文字である。

それと息子が事件に遭ったことを忘れてしまったようだ。いや、忘れようとしているのではないか。

小仏がまりこのCDを買ってきていれば、ひと手間はぶけたのだった。彼は気を利かせなかったのを悔んだ。

イソとシタジは、きょうも湯島の岸本商会を出入りする人たちを盗み撮りに出掛けた。

二人は四時間ほど張り込んで、延べ三十人をカメラに収めてもどってきた。その中にはきのう岩下こいしに見てもらった髭の男も入っている。きのうとはちがう角度からその男を撮っているので、ふたたびこいしに写真を送った。

返事をよこしたこいしは自信なさげに、

「フェアリスにおいでになっていた雨宮さんは、中肉といった体形でしたので、写真の方は別人のような気がします」

と答えた。

こいし一人の印象で、十五年前のビル火災の日までフェアリスへ通っていた雨宮を、別人と決めるのは早計だった。次の日、小仏が岸本商会の近くで、出入する人たちを張り込んだ。

正午をすぎると、昼食に向かうらしい男女が何人もビルを出てきた。髭を生やした肥えた男は出てこなかった。その男はきのうも昼食どきには出てこなかったとイソがいった。

午後一時十五分、四十代半ばぐらいの男が二人会話しながらビルを出てきた。その二人も昼食だろうと小仏は見当をつけ、一〇〇メートルばかり後を尾けてから声を掛けた。怪訝な顔をした二人に名刺を渡してから、

「岸本商会の雨宮専務は、この方ではありませんか」

と、写真を見せた。

二人は写真を一目見ただけで、専務だと答えた。だがすぐに、なぜ専務の写真を持っているのかと、やや険しい表情をした。私立探偵が写真を見せたのだから、目的はなにか、と不審を抱いたのは当然だ。

「雨宮昌幸さんが、どういう方なのかを知りたいのです」

小仏は管理職の年齢に達している二人の顔にきいた。

「どういう人かとは？」

メガネを掛けているほうがきいた。

「会社のオーナーのお身内とか？」

「専務は身内ではありません」

「長年、岸本商会にお勤めでしょうか」

「大学を出てすぐに入社したようですので、もう四十年近く勤めていることになります」

「専務になられる前は、どの部署に？」

「営業部長から営業担当役員になったんです」

「十五年ぐらい前も、営業部においでになったんですね」

「営業課長から、営業部次長に昇格したころだったと思います」

「それでは、取引先の接待なんかもなさっていましたね」

「ええ、営業の第一線で活躍した人でしたから。……小仏さんは、どんな目的で雨宮専務のことを調べているんですか」

「十五年前まで、新宿のあるクラブを、たびたび利用されていた方に似ていらっしゃるので、その方にまちがいないかを確かめたいのです」

「十五年前、新宿……」

丸顔のほうがいって、メガネのほうと顔を見合わせた。

「新宿のなんていうクラブですか」

メガネのほうがきいた。二人は小仏の話に興味を惹かれたようだ。

「歌舞伎町の雑居ビルに入っていたフェアリスという店です。そのビルは十五年前の九月、火事になって、ビルの中の店の従業員や、そこで飲んでいた客の大勢が亡くなりました」

「そのビル火災は憶えています。雨宮専務はそのビルの中の店をときどき利用していたというんですか?」

「火災の日にも、雨宮さんという方は、フェアリスへいっていました」

「火災の日に、雨宮専務、当時はたしか営業部次長でしたが。そのクラブへいっていたとしたら、どういうことに?」

「私は、その火災の夜、フェアリスへいっていた雨宮さんという客が、雨宮昌幸さんだったかを確かめたいだけです」

「小仏さんはそれを確かめて、どうなさるんですか」

「報告するだけです」

「報告……。だれに報告されるんですか」

「警察です」

「えっ。警察がそういう調査を、小仏さんに?」

二人は顔を見合わせてから、小仏をにらみつけるような目つきをした。

「雨宮昌幸さんの左目の横には、ほくろでもありますか」

小仏は写真の顔にボールペンの先をあてた。

「ああ、それは瘤を取った痕です。専務は、目の横にできた瘤が少しずつ大きくなるといって気にしていました。病院の皮膚科で手術を受けたんです。もう十年以上前だったと思います。酒をよく飲むし、脂っぽい物もよく食べるので、瘤が大きくなったのはそのせいだといっていました。瘤を取ってからですが、太りはじめました。それも、食べ物の影響だとかといっていたことがありました」

「以前は、この写真のように太っていなかったんですね」

「ええ。お腹もいまほど出ていませんでした」

「顎の髭は以前からですか」

「十年ほど前から伸ばすようになりました。役員になったので貫禄が必要、なんて冗談をいっていました」

小仏は二人に、足止めしたことを謝って頭を下げた。が、メガネを掛けたほうは、小仏のいったことが腑に落ちないといっているようだった。

3

事務所にもどった小仏は、岩下こいしに電話した。

「ただいま電話に出ることができません」というコールが鳴ったが、十五、六分後、彼女は電話をよこした。

「忙しいのに、ごめんなさい」

小仏は謝った。

「いいえ、大丈夫です」

きょうの彼女の声は穏やかだ。

「きのうとおととい、あなたに写真を見ていただいた男の名は雨宮昌幸といって、文京区湯島にある中堅の医療用機器販売会社の専務です。以前の彼は現在のように太ってはいなかった。顎髭は十年ほど前からたくわえるようになった。十年以上前まで、左目の横には瘤があったが、次第にそれが大きくなるといって、病院で切り取る手術を受けたんです」

「じゃ、写真の男性は、たびたびフェアリスへきていた雨宮さんにまちがいなかったんですね」

小仏は、こいしの話が参考になったのだとあらためて礼をいった。

イソとシタジが帰った午後七時、デスクの電話が鳴った。こういう時間にベルを鳴らすのは、警視庁の安間だろう。小仏は、「はい」とだけいった。

「きょう、小仏さんにお会いした水島という者です」

男のくぐもった声は小さかった。

「水島さんとおっしゃると、湯島の……」

「はい。岸本商会の」

岸本商会の四十代の二人の社員と立ち話したが、水島という男はどっちだったか。

水島は現在、亀有駅前にいるのだが会えないかといった。彼は小仏に会うために亀有へきたのではないのか。わざわざ会いにきたのは重要な用事があったからにちがいない。思いがけず私立探偵と出会ったので、調べて欲しいことを思い付いたのかもしれない。

小仏は、すぐに駆けつけるので、南口の交番の近くにいてもらいたいといって、ジャケットを肩に掛けた。靴を履いてから、エミコには、早く帰るようにと声を掛けた。

駅前交番のすぐ近くに立っていたのは、メガネを掛けた男だった。

「どうしても、小仏さんにうかがっておきたいことがあったものですから」

水島は単独だった。昼間、雨宮専務の過去に関することを突然きかれたので、それが気になってしかたがないのだという。

小仏は、ライアンが入っているビルの一階にあるカフェへ水島を誘った。店内はすいていた。

「亀有へは初めてきましたが、駅はきれいですね。マンガの主人公の像もありますし」

水島は、カフェオレを頼んだ。彼は周りを気にするように首をまわしてから、

「昼間、一緒にいたのは谷内(たにうち)という社員です。彼には話していなかったことですが、五年ほど前、きょうの小仏さんと同じようなことを、初対面の男性にきかれたことがあったんです」

「雨宮昌幸さんに関することをですね」

「やはり会社を出たところを呼びとめられて、たしか、岸本商会には雨宮さんという人がいるはずだがときかれたんです」

「それは、どんな男でしたか」

「四十歳ぐらいで、小仏さんと同じように体格がよくて、ちょっと恐い感じだったのを憶えています」

「名乗りましたか」

「名刺はくれませんでしたが、名前はいいました。なんていう名字だったか忘れまし

た」

「その男は、雨宮さんに関して、どんなことをききましたか」

「十年以上前の役職と、新宿のクラブへたびたびいっていたと思うが、知っているかときかれました」

「あなたは答えましたか」

「十年以上前の役職については答えたような気がしますが、そのほかのことは知らないといったと思います。その人は、雨宮専務の身辺のことをある程度つかんでいたようでした」

「その男の職業は、なんだったと思いますか」

「金融業といったようでしたが、憶えていません。専務については知っていることがありましたが、その男がどういう人で、なぜ専務のことを知りたいのかをいわなかったので、詳しいことは答えませんでした」

「素性の分からない男のことを、雨宮さんに話しましたか」

「いいえ。だれにもいいませんでした。上司のことを得体の知れない人にきかれたなんて話せば、白い目で見られることが分かっていましたので」

「私には話してくれたが……」

「小仏さんは名刺をお出しになったし、目的をおっしゃった。それに、専務のことをきかれたのが二度目だったので、専務はどこかからかで怪しまれているんじゃないかと感じたんです。小仏さんの狙いはなにかを、話していただけませんか」

水島は小仏の目をにらんだ。

「十五年前、歌舞伎町の雑居ビルが焼けた日、雨宮という人がフェアリスへきていました。雨宮という人は、その店の常連客でしたが、火災の日は単独でした。その人はホステスとトラブルを起こし、腹を立てて店を出ていきました。そういう事実があったので、警察は火災との関連を調べているんです」

「火災の原因は、火の不始末とか漏電ではなかったんですか」

「放火の疑いがあるんです。私は、その火災とは無関係の事件を調べていましたが、ひょんなことから、ある人物が火災原因を調べていたらしいと気付いたんです」

「火災原因を、調べていた……」

「ある人物は、放火ではと疑って、火災当夜、焼けたビル内の店にいた、あるいは店から出ていった者の割り出しをしていたのではと、私は気付きました」

「火災が起きた夜、雨宮はフェアリスという店へいっていたんですね」

「岸本商会の雨宮さんだったかは分かりませんが、ホステスとトラブルを起こした客の雨宮という人は、四十代後半で、左目の横に瘤があり、タバコを吸うとき、いつも持っているマッチで自分で火を点けた。他人に火を点けてもらうのを嫌う人でした」

「雨宮専務がそうでした。ヘビースモーカーでしたが、十何年か前、突然禁煙して、私たち社員を驚かせました。家庭で使うような動物の絵の付いたマッチを持っていたのを、社員のほとんどが知っていました」

ビルの焼跡から鷲の絵柄のマッチの空箱が一つ拾われているが、だれが捨てたものかは分かっていない。

「小仏さんは、ビルに放火した者がだれかをさぐっているんですね」

「放火した人物を特定することができるかどうか。その捜査はつづけられていますが、きわめてむずかしいでしょう。だが、疑わしい人物はいるはずです」

「それが雨宮専務ですか」

「さあ、どうでしょう」

「小仏さんは、雨宮専務を怪しいとみたので、調べていらっしゃるんでしょ」

「疑ってみる必要はあります」

「なんだか、奥歯に物がはさまったようなおっしゃりかたですね。ビル火災と専務は関係がありそうだが、小仏さんはその火災とはべつのなにかをにらんでいるような?」

水島は、じれるように左右の肩を交互に動かした。ものごとを中途半端にしておけない性格のようだ。

雨宮昌幸の住所はどこかをきくと、松戸市だといってから、

「五、六年前までは、文京区千駄木(せんだぎ)に住んでいましたが、その家を手放して、松戸市へ転居しました。十五、六年前、千駄木に新築のお宅が完成したとき、私は何人かの社員と一緒に招かれました。その家は広くて立派でした。庭には大型犬がいました。専務は、自分の設計どおりに出来上がったと、新しい家を自慢していました」

そういう家をなぜ手放したのかをきいたが、水島は暗い顔をして知らないと答えた。彼も雨宮の転居をきいたとき、不審を抱いたのだろう。

小仏が、雨宮に関してなにか思い付いたら連絡してもらいたいというと、水島も、なにか分かったら教えてくれといった。

水島は五年ほど前、初対面の自称金融業の男から雨宮昌幸の十年以上前の役職や、新宿のクラブへたびたびいっていたかというようなことをきかれた。それ以来、雨宮の私生活や行動に関心を持って、密かに観察していたのではないか。

翌朝、激しい雨音で目覚めた。とうに明るくなっている時間なのに窓は暗い。雨の音もただごとではないが空気が重い。小仏は着替えの途中でカーテンを開けて窓をのぞいた。眼下の道路が川のようになっていた。降りつづける雨の粒が異様に大きく見えた。なんだか見たことのないような光景だ。テレビをつけた。東京はこれから一時間ほど強い降雨にみまわれるので、低い土地の浸水に注意をと呼びかけていた。

エミコが電話をよこした。彼女は事務所から歩いて約十分のアパートの一階に住んでいる。玄関のたたきに水がついてきたといった。それを見て恐くなったのだろう。

「外へ出るな。ここへくるんじゃないぞ」

小仏は、外の雨音に負けないように怒鳴った。

エミコは、小仏の朝食のパンを買っておかなかったので、ご飯を温めてと、冷蔵庫の中の食べ物をこまごま説明した。

午前九時十分前、警視庁本部の安間に電話したが、彼はまだ出勤していなかった。電話に応えた職員に、松戸市の雨宮昌幸の公簿の照会を頼んだ。

一時間後、頼んだことを安間が電話で答えた。公簿によって雨宮昌幸の出生地が浜松市であることが分かった。結婚のさい、本籍を東京都文京区へ移していた。

「どういう人物なんだ」

安間がきいた。

文京区湯島にある医療用機器販売の岸本商会の専務であることと、同社においての経歴を話した。

「小仏は、その男のなにを調べているんだ」

「十五年前に火災に遭った歌舞伎町のビル内には、フェアリスというクラブがあった。当時営業部の幹部だった雨宮は、その店へ医大の教授や、付属病院の医師や事務長なんかを案内していっていた。つまり彼はその店の上客だった。火災の日も、彼はフェアリスへ単独で飲みにいった。好きになったホステスを口説くためだった。だが、彼は目的をはたせなかった。ホステスから予想外の返事をきいたらしく、彼は顔色を変えて店を出ていった」

「思いどおりにならなかった女のコへの腹いせに、雨宮という男は放火したっていうのか」

「その可能性はある」

「クラブのホステスと客のトラブルなんて、どこかで毎晩、起きているんじゃないのか。その雨宮に放火の疑いをかけられるもっと強い根拠でもあるのか」

「いまおれが嗅いでいるのは、放火の証拠じゃない。この十五年間の雨宮の動向だ。まだわかっていないことがあるので、また報告する」

滝のような降りかたをしていた雨はいつの間にか小降りになっていた。エミコは足を濡らして出勤した。三十分後にイソが出勤したが、彼は一度も傘をささなかったという。

イソに車を運転させて松戸市へいき、雨宮昌幸の自宅を確かめた。木造二階建ての小ぢんまりとした住宅には雨宮の小さな表札が出ていた。近所で聞き込みすると、その家は貸し家だと分かった。

雨宮には娘が二人いる。二人とも雨宮夫婦が現住所へくる前に結婚したようだという。したがって現住所では妻との二人暮らしだ。妻はどこかに勤めているらしく、毎朝八時ごろ出掛け、午後六時ごろ帰宅する。

「いまのところへおいでになって五年ほどになりますが、どちらともお付合いをしていません。奥さんはいつも地味な服装をされていて、少し背を丸くして歩いています。顎に髭をたくわえているご主人は、雨でないかぎり、早朝の散歩を欠かさずなさっています。道でお会いすれば、ご夫婦ともちょこんと頭を下げるだけです」

近所の主婦は、雨宮夫婦を不愛想だといった。雨宮が、中堅の医療機器販売会社の専務であることは伝わっていないようである。

松戸市に住む以前の住所は、文京区千駄木。新築した家に十年ぐらい住んでいたが、その家を手放して転居したということだった。手放したという住宅は現在も存在しているのかどうか、小仏はそこを見たくなった。

ナビゲーターを見たイソは、千代田線の千駄木駅にほど近いといった。

そこは千駄木駅から西に約三〇〇メートルの住宅街の一角だった。かつては雨宮家だった住宅はすぐに分かった。一階をすっぽりと隠す木塀で囲い、一部三階建ての二階部分の窓には広いガラスが張られている。雨宮が設計した造りで、新築祝いに社員を招んだとき彼は、設計どおりに完成したことを自慢した、と水島は語っていた。門の扉は黒く塗った鉄製の格子造りだ。格子のあいだから固く閉じた玄関と庭の一部が見えた。かつてそこには大きい犬がいたということだった。

この家を雨宮は手放したということだったが、もしかしたら娘が住んでいるのではと思い付いて、［野々垣（ののがき）］という表札のその家のインターホンを押した。すぐに女性が応えて、左側の塀伝いに白髪まじりの小柄な女性が出てきた。この家の主婦ではないと分かったが、

「こちらには以前、雨宮さんという方がお住まいだったはずですが」

と、小仏はきいてみた。

女性は眉を寄せると、「奥さまを呼びますので」といって引っ込んだ。

今度は、玄関の木製のドアが開いて、背の高い、とがった顎をした六十代見当の女性が鉄格子の門のところまで出てくると、「あなたは、どういう方ですの」と、小仏の全身に目を配った。この家の主婦にちがいない。踝（くるぶし）を隠すほど裾の長いスカートを穿いている。

小仏は名刺を渡した。

「探偵事務所……」

主婦は、また小仏を見直した。「変わったお名前ね。あなたが独りでやっていらっしゃるの」

「いえ、代表は私ですが、何人かで」

「探偵って、小説かドラマの上のことばかり思ってましたけど、実際にあるのね」

「はい。全国どこにも」

「そうなの。わたしは初めて。……なにかを調べたくて、おいでになったのね」

「こちらのお宅は以前、雨宮という方がお住まいになっていたと思いますが？」

「そう。五年前だったかしら。白山（はくさん）に住んでいたんだけど、家が古くなったので、建て替えようかどうしようかを迷っていたところへ、知り合いの人から、いい家が売りに出ているってきいたんです。それがこの家。主人と息子とで見にきたら、建てて十年ということでしたけど、きれいに使われていたので、わたしが気に入ったの。庭があるので、花を育てて楽しめそうだったし」

「土地も広そうです」

「二百七十坪。この家を壊したら二、三軒は建ちそう」

「このお宅を建てられた雨宮さんは、なぜ手放すことにしたんでしょうか」

「十年ばかり住んでいて、この家が飽きたのか、それとも気に入った場所でも見つけられたのか。もしかしたら、まとまったお金が必要になったのかも。人さまのそんな事情なんて、わたしは知りませんよ。小仏さんは、なぜ、そんなことを知りたいの」

主婦は目に力を込めた。

「雨宮さんが、ご自分で設計したこのお宅を、なぜ手放して、現在の、そういってはなんですが、小ぢんまりとした貸し家へ転居されたのか、その事情を詳しく調べるのが、私の仕事です」

「雨宮さんご本人にきかれたらどうなの」

「雨宮さんには調べていることを知られたくないので、こうしてお宅へうかがったんです。奥さまは、雨宮さんにお会いになったことがありますか」

「ありません。この近所の人の話ですと、雨宮さんのご主人は、わりに大きい会社の役員ということでした。奥さんと、娘さん二人との四人暮らしで、珍しい大きい犬を飼ってたそうよ」

　笑ったことがないような顔の主婦から得た情報は、それだけだった。彼女は表情を変えると、「わたしのことをきかなくていいの？」と、眉をぴくりと動かした。

「失礼しました。こんなご立派なお邸にお住まいなのですから、お名前を存じ上げないと、私は恥をかくのでは」

「わたしは、表参道（おもてさんどう）で美容院をやっているの。いまは娘にやらせてるけど」

「表参道。一等地ではありませんか」

「まあね。いま思い付いたんだけど、知りたいことをお願いしたら、相手に知られないように調べていただけるのね」

小仏がうなずくと、なにかをいいかけたが、考えたうえで連絡するといって、口を閉じた。

4

エンサイの水谷社長から電話がきて、エンサイ・新宿店勤務の社員である西川景子が出勤しないし、ようすがおかしいと社長はいった。元モデルの彼女は社長の愛人の一人なのだ。

「欠勤は、いつからですか」

小仏がきいた。

「きょうから。朝十時の開店時間がすぎても出てこないし、電話もないので、店長が電話したところ、その番号は電源が切られているというコールが。それを本社の者から連絡を受けたので、私も掛けてみたが、通じなかった」

店長は景子の同僚に、住所を見にいかせようとしたが、あることに気付いて、見にはいかせなかった。あることというのは、景子が社長と特別な間柄であるのを耳に入れていたからららしい。

「小仏さん。景子の住所を見てきてください。彼女は、赤坂のクラブのママと同居しているっていうことでしたね」

「同居の女性は、立原和歌さんといって三十一歳で、雛というクラブをやっています」

「その人に会えば、景子はどうしたのかが分かるでしょう。景子は社員の一人だが、そういうことをほかの社員にやらせたくないのでね」

小仏は、承知したのですぐに景子の住所を見にいくと答えた。

愛人を何人も抱えている人は、気の安まらないことがしばしばあるようだ。それがわずらわしいといって愛人を整理してしまうことはできないらしい。毎晩なのか、三日に一度なのか知らないが、若い女性と肌を寄せ合っていたいのだろう。女性たちは、水谷のことが好きなのかどうかは疑問だ。少なくとも嫌悪感だけは持っていないというだろう。六十五歳の水谷が七人もの愛人を引き寄せられるのは、経済的支援が可能だからにちがいない。

西川景子の住所は、渋谷区初台のマンションだった。きょうはシタジとともにそこへいった。シタジは先日、彼女と同居している立原和歌の外出を尾行して、赤坂のクラブへ入るのを突きとめた。彼女はＴＢＳ近くの赤坂一ツ木通りで雛というクラブをやっていることが分かった。

平日の立原和歌は、午後五時すぎにマンションを出ていくようなので、まだ在宅だろうと思われた。新国立劇場に近い高級感のあるマンションは静まり返っていた。

オートロック式のドアの横に部屋番号を示すボタンが並んでいる。立原和歌の部屋は3012。

小仏がボタンを押した。彼の姿は部屋のモニターに映っているはずだ。

「どなた？」

女性の低い声が応じた。

「小仏太郎探偵事務所の小仏という者ですが、立原和歌さんですね」

「探偵事務所。……わたしの名をご存じなんですね」

身構えているようないいかただ。

「はい。いきなり申し訳ありません」

「ご用はなんでしょう」

「西川景子さんは、いらっしゃいますか」

「いません」

不愛想な答えかただ。

「西川さんはきょう、勤務先へ出勤しないし、連絡もないし、電話も通じません。私は西川さんの勤務先の会社の依頼を受けて、事情をうかがいにまいりました。立原さんからお話をうかがいたいので」

立原和歌は、三階へきてくださいと不機嫌そうにいった。

三階でエレベーターを降りて一歩出ると、左手の部屋のドアが半分ほど開いて、長い髪をした女性が顔をのぞかせ、小仏を観察した。小仏はあらためて名乗りながら彼女の白い手へ名刺を渡した。彼女は、名刺をじっと見てから、「どうぞ」と、玄関の中へ招いた。彼女は白のTシャツにニットの半袖セーターを重ね着していた。小顔でからだは細い。

「ゆうべは景子さんにお会いになりましたか」

小仏は化粧けのない顔にきいた。

「いいえ」

「あなたがお帰りになったとき、景子さんはお寝(やす)みになっていた。だからお会いにならなかったということですか」

「わたしが帰ったとき……。あなたはわたしが帰ってくる時間をご存じなんですの」

「お仕事がら、深夜だったろうと思いましたので」

「わたしの仕事を、ご存じだったんですか」

「はい。失礼ですが」

「なんだか、気味が悪いわ。小仏さんにどこかでお会いしていたでしょうか」

彼女は白い手にのっている小仏の名刺を見直したが、寒気でももよおしたように肩を縮めた。

小仏は表情を変えず、彼女の小さな顔と細い眉を見ていた。

「わたしが帰ってきたのは、きょうの一時半ごろでしたけど、景子はいませんでした。それで、今夜は帰ってこないんだろうと思いました」

「これまでに帰ってこないことがあったんですか」

「ありました。月に二回ぐらいだったかしら」

「なぜ帰宅しなかったのかを、おききになったことがありますか」

「いいえ。わたしは親でもないのですから、一人前の人の私生活には、立ち入らないことにしています」

「干渉はなさらないが、景子さんが月に二回ぐらい帰宅しないのはどうしてかを、おききになっているのではありませんか」

「景子が話したことがあるので、知っています」

「景子さんは、どんなふうに話していましたか」

「そんなことまで、初対面の方にお話しするわけには」

「いいえ、話してください。ゆうべ帰宅しなかったのは、それまでとはまったくちがうことが起こったんです。自分の意思でそうしたのかもしれませんが、電話が通じません。もしかしたら、ここへも帰らないことにしたのかも」

和歌は、「電話が通じないといいましたね」といって、奥へ引っ込むと銀色のスマホをつかんできた。廊下に立ったまま細い指先で画面を突いた。電話が通じないのを確かめると、顔色を変えた。景子の身に重大事が起こったことにようやく気付いたらしい。

「景子はおととしのいまごろ、わたしがやっている店へ入りました。ホステスです。身長は一六六センチで、からだは太からず細からずで、可愛い顔をしています。モデルだというけれど、しょっちゅう仕事があるわけではないといっていました。うちの店では評判のいいホステスになりました。お客さんにチヤホヤされて口説かれたりしているけど、簡単に寝るようなコじゃないとみていました。……半年ぐらい経ったころでしたか、ある会社の社長さんと知り合って、昼間はその会社に勤めることにしたので、夜の仕事を辞めたいといいました。彼女は堅実な途(みち)を選ぶことにしたようでしたけど、会社の給料だけでは、アパートの家賃を払っていくのが精一杯で、服や化粧品も買えないので、悩んでいるといいました。それをきいたので、わたしの部屋でよかったら、一緒に住んでもっていったんです。景子はすぐに、ここを見にきて、一緒に住まわせてくださいっていいました。それまでの住所は、池袋(いけぶくろ)の古いアパートだったそうです」

景子を同居させるについて和歌はひとつ条件を出した。金曜だけ和歌がやっているクラブへホステスとして勤めること。景子はその条件をのむと、数日後の日曜に、身のまわりの物をタクシーに積んでやってきた。炊事用具などは捨ててきたといった。景子はそれまでより生き生きとして、表情が明るくなった。平日の朝は、和歌が寝ているうちに出ていき、和歌が店から帰ってくるときは眠っていた。土曜と日曜だけは一緒に食事をこしらえた。約束どおり、金曜の夜は七時四十分に赤坂のクラブへ出勤していた。

小仏は、景子が月に二回ぐらい帰ってこない日の理由をあらためてきいた。景子は和歌に無断で外泊してくるので、ある日、『付き合っている人とすごす日があるの』ときいた。すると景子は、『ママにだけは正直に話します』といくぶん恥ずかしそうな顔をした。

和歌にとって景子が打ち明けた内容は意外だった。景子は、だいぶ年齢差のある会社経営者の愛人だといったからだ。彼女は相手を、ずっと歳上といっただけで、その人の名前も正確な年齢も教えなかった。その人とは月に二回のわりあいで、大きいホテル内のレストランで食事をし、バーラウンジでライブのジャズを聴いたあと、部屋でゆっくりすごすのだと、下を向いて話した。

『その方、雛のお客さん？』

和歌がきくと、そうではないと景子は首を振った。

「それをきいたとき、景子を愛人にしているのは、彼女が勤めている衣料品販売会社の社長さんじゃないかと思いました。景子はその人から毎月決まった額のお手当をいただいているそうです。そのお金はそっくり預金しているといっていました」

「立原さんのお話ですと、景子さんはわりに質素なようですが」

「始末屋です。普段身に着けている物も地味な色の安物です。店ではドレスを着せていますけど、自前ではありません。彼女はいま二十四歳ですけど、結婚を考えることもあるし、愛人生活から身を退くことも考えるでしょうね。……それよりも、きょうのことが……」

和歌は片方の手を胸にあてたが、いま一度スマホの画面に指を触れた。

「わたしは、どうしたらいいでしょう」

警察に相談すべきかを考えたようだ。

「きょうのところは、このままにしておきましょう」

小仏は和歌と、スマホの電話番号を交換した。

西川景子の出身地はどこかを小仏はきいた。

「松本市だそうです。実家には両親とお兄さんがいるといっていました」

小仏はあらためて連絡するが、和歌のほうからも気付いたことがあったら知らせてもらいたいといって、頭を下げた。

彼女には店へ出る支度が迫っているようだ。

車にもどった。

「立原和歌は現在三十一歳。クラブを自力で始めたとは思えない若さですが」

シタジがいった。彼女にはスポンサーがいるのではないかと勘繰ったのだろう。

小仏は車の中から水谷社長に電話して、立原和歌に会ってきいたことを伝えた。

「その立原和歌という女性と、トラブルでもあったということは？」

「そういうことはなかったようです。西川さんは、月に二回ぐらい、帰宅しないことがあるので、立原さんは気にしていなかったんです。社長は西川さんと、いつお会いになりましたか」

「おとといだ」

二人でそれまでしてきたように、シティホテルで一夜をすごしたのだろう。

「西川さんのようすに、いつもとちがう点はありませんでしたか」

「いや。べつに変わったことも、気になることもなかったが」

「きのうは、平常どおり新宿店へ出勤なさったんですね」

勤務中もなんら変わったところはなく、勤務を終えた午後六時半に新宿店の事務部の社員に挨拶して出ていったという。

二十四歳の西川景子は昨日、初台の自宅マンションへ帰らなかった。昨日の彼女は、勤務先を出たあと、だれかと会ったのではないか。そしてどこかに泊まった。出勤すべき日のきょうは無断欠勤した。そのことを一緒に暮らしている立原和歌にも連絡していないという。携帯電話が通じないのは、それまでどおりの暮らしを放棄したので、だれとも連絡を取りたくないという意思表示なのか。それとも、何者かに拘束され、外部との連絡を遮断させられたのか。

小仏は水谷社長に、この異常事態を警察に知らせておくべきだと進言した。

「私もそう考えていたところだが、一晩待つことにしよう。あしたも出勤しないし連絡が取れなかったら、会社から捜索願いを出すことにする」

社長は、景子との関係が世間に知られるのを怖れているにちがいなかった。

5

車が三宅坂を通過したところへ、水谷社長から電話が入った。

「小仏さん。えらいことになった」

いつもの水谷の声とはちがっている。彼はすぐにでもきてもらえないかと、切羽つまったいいかたをした。

「うかがいますが、社長はいまどちらに？」

「本社にいる」

「いったい、なにがあったんですか」

「景子はヤクザ者にさらわれたらしい。たったいま、気味の悪い声の男から脅迫するような電話があったんだ。詳しいことは会ってから話すので、早くきてもらいたい」

エンサイの本社は渋谷区の青山通にある。水谷は社長室にいるのだろうが、社員の出入りがある。愛人に関することや、そのトラブルなどは社員には知られたくないに決まっている。

小仏はシタジに、青山学院大学の近くへ向かえと指示した。

「水谷社長には、秘書役の社員がいるでしょうね」

シタジは、いったん高速道路を降りて方向転換し、渋谷線に入り直した。

「たしか二人いる。男の秘書は六十歳ぐらい、女性の秘書は四十代半ばだ。二人とも社長に愛人がいるぐらいは知っているだろうが、何人もいるのを知っているかどうか。現在愛人は七人いるっていうことだったが、エンサイに勤めているのは、西川景子だけのようだ」

水谷は、特別な間柄の女性を社長室に招いたりはしない、と小仏に語ったことがある。

いまの電話で水谷は、『景子はヤクザ者にさらわれたらしい』といった。彼女は素行に問題のあるような者と交流があったのだろうか。電話を掛けてきた『気味の悪い声』の男は、水谷を脅迫した。普通、このような被害を受けたら警察に相談するか訴えるものだが、愛人がからんでいるので、それをしたくない。相談を受けたとしたら警察は事情を呑み込んで、秘密裡に動くだろうが、どこかでマスコミの目に触れるか耳に入ることがないとはいえない。事と次第によっては、警察は出来事を公表する場合もある。水谷が小仏を招ぶのは、秘書にも相談を持ちかけたくないからだろう。だが、西川景子は社員である。きょうは無断欠勤し、連絡が取れなくなっているのを、何人かの社員が知っているのだ。

青山通にあるエンサイ本社ビルは、全面がガラス張りで、道路の反対側の風景を鏡のように映している。社長室は五階。秘書課を通り抜けた奥である。小仏はここを何回か訪ねているので、勝手を知っていた。パソコン画面を見ていた二、三人の社員に会釈して、社長室へ入った。

水谷は週に一回はゴルフに出掛けるからか、顔は陽焼けして赤黒い。髪は薄くなって、頂上は光っている。

「きょうは無理をいって、すまなかった」

そういって小仏にソファをすすめた水谷の目尻は、痙攣(けいれん)していた。

ドアにノックがあって秘書の女性が顔をのぞかせた。水谷は彼女に、しばらく出入りするなといい、電話があっても不在だと答えてくれといった。

水谷はソファに腰掛けると背中を丸くして、顔を小仏のほうへ突き出した。小仏も前かがみになった。

「西川さんは、誘拐されたんですか」

「そうだと思う。さっき私のケータイに掛けてよこした男は、『西川景子さんをあずかっている』といった」

小仏は、怪しい男のいったことと、水谷の応答を詳しくきいた。

――男は低い濁声で、『社長のケータイの番号は景子にきいた』といった。

水谷が、『あんたはだれだ。名前をいいなさい』というと、『名前。じゃヤマトっていうことにしてもらいたい』

『用件は』

『景子をあずかっとる。疵ものにはしないから心配するな。景子はあんたのところへ帰りたがっとる。返してやるつもりだが、それにゃ旅費が要るもんで』

『いくら欲しいんだ』

『今回は、三千万円でいい。それぐらいの金額ならすぐに用意できるだろ』

『三千万は大金だ。簡単には用意できない』

『おれのいうとおりにしてくれなかったら、景子のことも、あんたが秘密にしてるもろもろも、全部世間にバラす。警察に知らせるようなバカはせんと思うけど、もしも知られたら、景子は、川か海に浮く。あんたが殺ったように工作してな。あんたは世間に恥をさらしたうえ、暗いとこで生涯を終えることになる』

『そっちへの連絡方法を教えなさい』

『連絡はこっちからする。よけいなことは考えんと、景子が帰るための旅費を早く用意しろ』

濁声は、また電話するといって切った——

「西川さんの声をおききになりましたか」

小仏は、ノートにメモを取りながらきいた。

「きいていない」

「社長のスマホを見せてください」

濁声が掛けてよこした番号が記録されているはずである。

水谷は、景子との連絡にはスマホを使わず、べつのを利用しているといって臙脂色のケータイを取り出した。景子以外の愛人との連絡もそのガラケーを使っているのだろう。相手はそのケータイに掛けてよこしたのだという。

男は用意周到だった。公衆電話を使っていた。

「相手は、どういう人間だと思う?」

水谷は、こめかみをぴくぴくさせながらきいた。

「言葉遣いから推して、こういうことに慣れている人間じゃないでしょうか」

「慣れているって、誘拐や恐喝を稼業にしているっていうこと?」

「そうとも思われます」

「相手から電話がきても、応えないことにするか、相手の要求を一切呑まなかったら、どんな手に出てくると思う?」

「社長個人か、この会社が不利になるようなことをやるでしょう。相手は三千万円取りそこねただけでなく、誘拐と脅迫をやったので、警察の追及を受けるかもしれない。だから、逃げ隠れしなくてはならないし、日常生活には精神的制限を加えられる。なので腹いせに、社長に対して、復讐手段に出ないともかぎりません」

もしかしたら濁声は、水谷には景子以外に愛人がいるのをつかんでいるかもしれない。

「なんだか私は、小仏さんにも脅されているような気がしてきた」

水谷は目を光らせて、赤黒い顔を撫でて、しばらく黙っていた。

「要求された金を私が出さなかったら、景子を殺すだろうか」

「冷静な判断のできる人間なら、殺人はやらないでしょう。社長や西川さんに深い恨みでもある男ならべつですが」

「恨みもあるが、金も欲しいっていうやつなのかな」

テーブルに置かれていた臙脂色のケータイが、チリチリと鳴って、火花を散らすような光を点滅させた。午後八時二十八分だ。相手は公衆電話で掛けている。小仏がケータイを録音にセットした。

水谷は、小仏に向かって、「出てくれ」と顎を動かした。

「はい」

小仏がケータイを耳にあてた。

「あれっ、社長の水谷さんじゃないようだが」

濁声だ。

「秘書の田中(たなか)です」

「秘書……社長に代わってくれないか」

「あなたは、どちらさまでしょうか」

「ヤマト。社長の知り合いだ。社長のケータイに、なんで秘書が出るの」

小仏は、濁声の年齢を推し計った。四十代ではなかろうか。

「社長は先ほど、体調が急変いたしまして、電話には出られませんので」

「嘘だろ。さっきは元気だった。おれの電話に出たくないんだな」

「あなたのご用件は、なんでしょう」

「社長からきいていないのか」

「なにをでしょうか」

「約束したことがあるんだ。社長の個人的なことだ。秘書だかなんだか知らんが、社長以外の者にはいえんことなんだ」

「困りましたねぇ。社長はどなたともお話することはできません。重態です。お医者さまが到着するのを、待っているんです。社長のお知り合いでしたら、こちらへおいでになっていただけませんか」

「あんたは、いやに落ち着いた喋りかただが、ほんとに秘書けぇ」

「はい、田中です。間もなくお医者さまが到着します。救急車で病院へということになるかもしれません」

「どこが悪いんだ」

「そんなことは、素人の私には分かりません。なにか強いショックでも受けたのか、心配ごとが起こったのか。あのう、ヤマトさんとおっしゃいましたが、社長とは、どのようなお約束をなさったんですか」

「それはいえない。個人的なことだし」

「私は、社長の個人的なことにも通じていますし、任されていることもありますので、急なご用でしたら、どうぞおっしゃってください」

相手は、咳だかくしゃみなのか分からない音をさせた。小仏は耳を澄まして暗騒音を聴いた。車のクラクションが小さく入った。道路沿いに設置されている公衆電話を使っているらしい。駅のような人混みでは落ち着いてものがいえないので、電話ボックスにでも入っているのだろうか。

「さっき元気だった社長が、急に電話に出られんくらい具合が悪くなったなんて、そりゃ嘘にちがいない。一言か二言話すだけだで、電話を社長に代わってくれ」

「社長の急病はほんとうです。嘘だとおっしゃるのなら、こちらへおいでください。当社の本社の所在地をご存じでしょうね」

「知っとるよ」

「急なご用でしたら、どうぞ、おいでください。夜中でも、何時でも待っていますので」

「あんたはさっきから、秘書だ、秘書だっていっとるが、その声がおれには信用できん」

「ヤマトさんとおっしゃいましたが、あなたはどんな声がお好きですか」

「そういう口の利きかたが、気に食わん」

「あのう、ヤマトさんは、酒に酔っていらっしゃるようですね」

「酒なんか、飲んどらん」

「そうでしょうか。とても正気とは思えませんが。……あのう、ご用件をはっきりとおっしゃっていただけませんか。社長の個人的なことでもなんでも受けたまわります。ヤマトさんのご都合によっては、そちらへ出向いてもいいのですが」

ヤマトと名乗った男は電話を切った。

公衆電話を利用する人が待っているのか。それとも態勢をととのえ直そうとしたのか。

「どんな男だと思う」

水谷は、小仏の顔をにらんで感想をきいた。

「四十代でしょう。暴力団関係者ではなさそうです。言葉に少し訛りがあります」

「私もそう思った。どっち方面の者か」

「遠州じゃないでしょうか」

「遠州……」

「長野県の南部か、静岡県の西部辺りではと思われます」

「長野県飯田市出身の人を知ってるが、訛を感じたことはなかったような気がする。

小仏さんはさっき、人を脅したりすることに慣れているような人間じゃないかっていったね」

「そうみています。要するにヤクザ者。正規な職業に就いている人間ではない」

「また電話を掛けてくるだろうが、どうしたらいい？」

「相手の拠点を突きとめるには、警察の力を借りるよりありません」

「警察。いろんなことをきかれるし、知られたくないことも知られると思うが」

「ならず者の標的にされたんですから、ある程度は知られても。しかし警察から外部に漏れるようなことはしません。腹いせに相手がスキャンダルをばら蒔くことは考えられます。そういうことをさせる前に捕まえないと」

「仕方ない。小仏さんは知恵を絞って、なんとかうまく」

水谷は冷蔵庫から、小びんの清涼飲料水を二本取り出すと、一本を小仏の前へ置いた。

ドアにノックがあって、白髪まじりの男がのぞき、帰りたいがいいか、と水谷にきいた。秘書の一人だった。

「ああ、遅くまで悪かったね。お客さんと相談することがあるもんだから」

秘書は、「お先に失礼いたします」と丁寧に頭を下げた。

四、五分経って、水谷はドアに手を掛けたまま秘書課をのぞいた。居残っている社員はいないとつぶやいた。

「社長。多少のリスクは覚悟してください」

小仏がいうと、水谷は不服そうに下唇を突き出して、小さくうなずいた。

小仏は、安間に電話した。彼は帰宅途中だといった。小仏は、エンサイの社長である水谷広喜氏の身辺に起こった出来事をかいつまんで話した。

「誘拐に脅迫だな」

安間は捜査二課の寺内に相談するといって、電話を切った。

第六章　奪　還

1

警視庁本部捜査二課の寺内管理官から小仏に電話が入った。

「小仏が相談があるというのは、一課の安間が依頼している事案とは別件のようだが？」

「別件です。ですが人命がかかっていますので、どうか」

相談に乗ってもらいたいといった。

「話してくれ。おれはいま、静かな料理屋の個室にいる」

「さしつかえなければ、そちらへうかがいますが、どこでしょうか」

「そうか、じゃ、ケータイを持ってきてくれ。ここは渋谷区松濤（しょうとう）の……」

「観世能楽堂のすぐ近くのひさ田（だ）では」

「知ってるのか。じゃ、待ってる」

小仏は水谷を促した。

「な、なに、私も？」

「社長は重大事件の被害者なんです。内密に扱ってもらえる人ですので、直接お会いになってください」

茶色の地に黒い縞のとおったスーツの水谷を、シタジが運転する車に乗せた。

「古い車だね」

リアシートから水谷がよけいなことをいった。

「走ればいいんです」

小仏がいった。

「今度のことがうまく始末できたら、新車をプレゼントさせてもらうよ」

「お心遣いありがとうございます。でも、この車はもうしばらく手放したくありません。社長にそういうお気持ちがありましたら……」

「現金のほうがって、いうんだね」

「いろいろと、物入りが」

「分かった。憶えておく」

小仏はシタジに、腹がへっただろうといった。

「所長のほうこそ」

この辺がイソとは大ちがいだ。

間もなく着くところは、料亭だ。着いたらすぐに調理場へでも駆け込もうかと、低声で冗談をいった。


和服の女性に、廊下を二度曲がった突き当りの部屋へ案内された。

寺内の横には、かつて小仏が一緒に事件(ヤマ)にあたったことのある五木(いつき)がいた。警視庁本部内では「ゴキ」と呼ばれていて、小仏より二つ下の四十四歳だ。寺内と五木は、うな重を食べ終えたらしく、蒔絵の重箱が置かれていた。小仏は悲鳴を上げそうになった腹の虫を手の平で押さえ込んだ。

水谷と小仏を案内してきた女性は、テーブルの上の重箱を片付けると、

「お二方(ふたかた)には、すぐにお食事をご用意いたしますので」

といって下がりかけた。

小仏は彼女に近寄ると、車を運転してきた者に食事を、と頼んだ。

水谷は、警視庁の二人と名刺を交換した。

「どうも、お恥ずかしいことが原因のようで」

水谷は肩を縮めた。

彼は、モデルとしてエンサイへ派遣されてきた西川景子を気に入って、社員として勤めることをすすめたところ、彼女は承諾した。彼女が勤めはじめると、社員には極秘にして、愛人関係を結ぶようになったと、体裁悪そうに話した。

寺内と五木に、ケータイに録ったヤマトと名乗った男と小仏の会話をきいてもらった。

会話をきき終えた二人は顔を見合わせてから寺内が、ヤマトと名乗った男の訛をきき憶えがあるといった。

「静岡県か長野県の人間じゃないでしょうか」

五木がそういって小仏のほうを向いた。

「おれもそう思った。静岡県西部か、長野県南部の訛だ」

小仏はうなずいた。

「ヤマトという野郎は、自分の訛を隠そうとしなかった」

寺内が、テーブルの上のケータイをにらんだ。

ヤマトという男は、社長秘書だと名乗った「田中」の応答を頭の中で再生しているはずだ。仲間がいるのだとしたら、相談をしかけただろう。

「田中」を、秘書ではないと疑ったとしたら、今度は水谷のケータイには掛けてよこさないのではないか。

小仏は、ヤマトの訛をあらためてきくために、ケータイを自分の前へ引き寄せた。

と、そこへチリチリという音とともに、小さな光が点滅した。モニターには今度も［公衆電話］が表示された。

寺内と五木の目は、小仏に、応答しろといっていた。

「はい」

「さっきの、田中って人？」

濁声のヤマトだった。

「田中です」

「水谷さんは、ほんとに病気か」

「お医者さまに診ていただいて、安静になさっています」

「いやに静かなところだが、エンサイの本社なのか」

「社長室です」

「いまそこに、何人おるんでぇ」

「お寝みになっている社長のほかには、お医者さまと私だけです」

「おれがさっきいったことを、水谷さんに伝えたのか」

「いいえ。会話はできませんので、一言も」

「秘書なのに、役に立たん男だ」

「ご用件をおっしゃってください。先ほども申し上げたとおり、私が知っていることなら、お答えしますし、私で出来ることでしたら、お役に立ちますので」

「水谷さんの具合は、よくなりそうか」

「それは分かりません。よくなっていただかないと困ることばかりです」

「おれの電話のことを、だれかに話したのか」

「いいえ。ヤマトさんのご用件がなになのか分かりませんので、話しようがありません」

「用件は、おれと水谷さんとの約束だ。水谷さんの具合が早くよくなるように、しっかり看病しろ」

ヤマトは電話を切った。

水谷は肩を縮め、目を瞑っていた。

寺内はあす、通信会社に協力を求めて、ヤマトが利用した公衆電話の設置地点を特定してもらうという。

いまの電話でヤマトは、強請(ゆすり)を口にしなかった。それを口にしたら小仏は、西川景子をどうしたかをきくつもりだった。

「人名救助が第一だから、犯人との交渉を慎重にやらないとな」

水谷と小仏の食事が運ばれてきた。クリとマツタケの炊き込みご飯にアユの塩焼きだ。

寺内と五木は、白地にモミジの絵の付いた銚子を注ぎ合った。

小仏は、奈良漬けを噛んだ。頭の中ではヤマトの濁声が繰り返されている。もしかしたらヤマトは、浜松市か磐田市辺りの出身者ではないか。何日か前まで浜松市内や磐田市内の人からきいていた訛に似ていた。ヤマトは、殺された中ノ島豪と大友高充の事件に関係のある人物ではないのか。それを疑ったが、水谷が同席しているので話さないことにした。

翌日の午後、水谷社長の愛人の西川景子を誘拐して、身代金を要求するために、犯人のヤマトが利用した公衆電話が判明した。浜松市中区中央のアクトシティ内の電話ボックスだった。

警視庁は静岡県警に極秘捜査を依頼した。鑑識がボックス内の指紋を採取した。

小仏は、朝九時半からエンサイの社長室のソファにすわっていた。今度、ヤマトから掛かってきた場合、どう応答するかを、水谷とは打ち合わせた。警視庁本部から、誘拐や身代金要求事件の捜査を経験している係官が二名、レコーダーを携えて到着した。応接用のテーブルには臙脂色のケータイが置かれている。小仏は、そのケータイをあずかりたかったのだが、水谷社長から、「それは困る」といわれた。水谷は複数の愛人との連絡を、そのケータイで行っているからだ。愛人からの連絡以外にも、他人に知られたくないデータが登録されているからではないか。

きょうの水谷は、二人の女性に、スマホの番号を教え、しばらくケータイには掛けないようにと伝えたという。

午後三時に、本部の五木がエンサイの社長室へやってきた。水谷は椅子から立ち上がって、

「ご面倒なことをお願いして、申し訳ありません」

と、腰を折った。

静岡県警は所轄署と連携して、浜松地域の不良性のある者や、過去に誘拐などの事件に関係した前歴者の動向捜査にあたっている、と五木はいった。

彼は、テーブルのケータイを指して、

「その後は？」

と小仏にきいた。

「きょうは、まだ」

「ヤマトと名乗っている男は、静岡県西部の出身者にちがいないということになりました」

「そうか。ゆうべ掛けてきた公衆電話も浜松だった。いまも浜松市内に住んでいる可

能性があるな」

「浜松から掛けてきたということは、誘拐された西川景子さんも、浜松かその近辺にいることが考えられますね」

「ヤマトの単独犯行ならな」

「共犯者がいることも……」

「ヤマトは浜松にいるが、共犯者は東京にいるのかも」

景子は、都内のどこかに押し込められていることも考えられる、と小仏はいった。

秘書課の若い女性が、コーヒーを運んできて去った。

その直後の午後三時四十六分、テーブルの上のケータイが火花を散らした。レコーダーがオンになった。

五人はケータイに、矢のような視線を投げた。公衆電話からの着信だった。

「はい」

小仏が応じた。

「ゆうべの人じゃないか」

濁声のヤマトだ。日ごろなにを食べたらそういう声になるのかを知りたいくらいだ。

「はい。田中です。ヤマトさんとおっしゃいましたが、本日の御用は、なんでしょうか」

「水谷社長は、どうした」

「入院しました」

「どこへ」

「それは申し上げられません。水谷社長が入院したのを知ったら、取引先や知友などが、何千人押しかけるか分かりませんので」

「大袈裟な。あんたは、口が達者だなあ」

「そんなことはありません。私は、人を脅したり賺したりのできない、口下手なんです。ですので、ただただ、社長のいうことをきいて、身の周りのお世話をさせていただいているだけです」

「なんかこう嫌な感じだな」

「なにがでしょうか」

「足許から、毛虫か蛇が這い上がってくるような、気味が悪いんだ、あんたは。人相もよくないだろ」

「ヤマトさんには、嫌われたようですね。ところで、御用は？」

「社長は、口が利けるようになったの」

「けさは少し」

「あんたは病院で、ずうっと付添っていたの」

「秘書ですので」

「社長とは、なにか話したんだね」

「びっくりして、腰を抜かすようなことを」

「そりゃ、おれのこと？」

「ヤマトさんは、当社の大事な女性社員を、どこかへ連れ去ったそうじゃありませんか」

「そう。社長が懇(ねんごろ)にしてる女性をな」

「ヤマトさんは、どうしてそんなことをするんですか」

「どうしてだと。おれの目的は分かっているはずだ。社長は、どうするかを、あんたに話したら？」

「いわれました。西川景子が無事帰ってこられるように、ヤマトさんと話し合うようにと、いわれました」

「じゃ、話が分かってるんだな」

「具体的には、どうするかを、ヤマトさんと話し合いませんと」

「面倒なことをいってないで、三千万円を出しゃいいんだ」

「西川景子は、いまどこにいるんです」

「現金と引き替えに渡す。金を用意したのかどうか」

「私の手元にあります」

「ほんとか」

「ほんとです」

「それを早くいえ」

ヤマトはなにかいいかけたが、会話が長くなるのを警戒してか、切ってしまった。

ヤマトとはどんな人間かを、五木たちと話し合った。

「警戒しながら話しているようですが、ところどころに訛が出ています。たとえば東京などに長く住んでいるのでなくて、地元で暮らしている。日ごろそこの土地の人たちと地方言葉で交わっているので、つい訛が出てしまう」

五木がいうと、二人の係官は同感だというふうにうなずいた。

ヤマトは、早々に現金を奪うことができると踏んだだろう。彼は、西川景子を盾に取りながら、現金を奪う方法とその場所を考えるにちがいない。いや、すでにその方法を決めていただろう。金を奪う方法を決めたうえで、彼女を攫ったのではないか。

二人の係官はヘッドホンで、ヤマトの声にまじる暗騒音を聴いていたが、何人もの幼児の声が入っているといった。公衆電話の近くに、幼稚園か保育園がありそうだという。

2

午後四時二分、時だけを刻んでいたテーブルのケータイが目を覚ました。公衆電話からの着信だ。

ケータイを小仏が耳にあてた。

「あんたは、いまどこにいるの」

濁声だ。

「社長が入院した病院の近くです」

「近くのどういう場所に？」

「車の中です。社長の身になにが起きるか心配なので、待機しているんです」

「おれがいったモノは、どこにあるの」

「足許に置いています」

「よく考えたら、社長が可愛がってる女のコを返すのに、三千万円は安すぎるし、社長にも失礼だで、五千万円用意してくれ」

「調子に乗るな」

小仏は怒鳴った。

「おっかない声を出すヤツだね、あんたは」

小仏は黙っていた。

「おい、田中さんよ。三千万円でいいで、持ってきてくれ」

「どこへ？」

「いいか。耳の穴をよくほじってきけよ。東名高速道を菊川(きくがわ)で降りる。県道を北へ向かって、突きあたりを西に二〇〇メートルばかりいくと、堀之内(ほりのうち)っていうバス停がある。バス停は屋根つきのベンチだ。分かったか」

「菊川というと、静岡県の……」

「東名高速っていったんだ。静岡県に決まってるじゃないか」

「分かりましたが、ゆきちがいがあってはいけないので、あなたのケータイの番号を教えてください」

「うまいことをいって、いろいろさぐろうとしてんだな。ケータイなんか、持っとらん」

「西川景子は持っているでしょ」

「知らん。おれのほうから電話するで、社長のケータイをずっと持っとってくれ。三千万円なら鞄に入るだで、それを女のコに持たせてくれ」

「女のコに……」

「女のコにだ」

「鞄を、バス停のベンチに置けばいいんですね」

「女のコに、社長のケータイを持たせろ。そうすりゃ、田中さんのいうゆきちがいは起こらん。女のコは、鞄とケータイを持って、バス停の前を西のほうへ歩いてこい。独りでな。独りだぞ」

「ヤマトさんは西川景子を連れて、そのバス停へくるんですね」

「ああ」

「電話を、西川に代わってください」

「ここには、おらん」

「西川の声をきかないことには、私はあなたのいうとおりにはできませんよ」

小仏は語尾に力を込めた。

「抜け目がないな」

電話は切れた。

五木は本部に連絡した。犯人との接触は夜間になることが予想された。

警視庁からの連絡で静岡県警は、ヤマトが指定した目標の「堀之内」バス停を確認するだろう。人質と現金受け渡しの時刻が決まれば、その前に捜査員を付近に配備することになる。

いまの会話を聴き直した。さっきとはべつの公衆電話から掛けたのか、幼児の声は入っていなかった。利用度が激変したために、公衆電話の設置台数は年々減っている。たぶんヤマトは、車で移動しながら公衆電話を使っているのだろう。その車には西川景子が押し込められているのだろうか。

午後四時十六分、テーブルの上で押し黙っていたケータイが口を開いた。今度の着信も公衆電話からだ。

小仏が応えた。

「田中さんは、おれからの電話を、じっと待ってるんだな」

「そうです。大事な社員を、返してもらわなくてはなりませんので。ヤマトさんは話の途中で電話を切らないでください。西川とお金を交換する場所は憶えていますので、何時にそこへいけばいいですか」

「警察を引き連れてくるような、バカはせんだらな」

「車に女のコを乗せて、私が運転していきます。お金を渡して、西川を引き取ることができれば、いいんです。このことは、社長と私以外には知りません」

「よし。あんたが運転してくる車のナンバーを教えてくれ。それから、現金を入れた鞄を持ってくる女のコは、決まったのか」

「めったな人には頼めないので、私の親戚の者にしようかと、考えているところです。

私が乗ってくる車のナンバーが、どうして必要なんですか」

「あんたのいってることを、おれは全部信用してるわけじゃない」

「信用するしないは、自由。西川との交換をいつにしますか」

「金を持ってくる女のコは、すぐに間に合うのか」

「なんとかするつもりです。適当な女性の手配ができたら、ヤマトさんに知らせます」

「知らしてくれんでもいい。これから五時間後。九時半に、さっきいったとこへ、現金を持ってきてくれ。その前に、女のコが用意できたかどうかを、おれがもう一度電話する」

近くを大型車両が通過したような音がした。

ヤマトは電話を切った。

警視庁本部では、現金を入れた鞄を持たせる役を、女性警官の中から選んだ。警備部所属で二十七歳の鈴木直子（すずきなおこ）巡査に決まった。静岡県出身で身長は一六二センチ、中肉。中学一年のときから柔道の道場へ通いはじめ、高校三年生で県代表選手として柔道の全国大会に出場し、準決勝まですすんだ。高校卒業後の進路については、迷わず警視庁警官を決めていた。

小仏は、五木らと一緒に、警視庁渋谷署へ移動した。そこでは寺内管理官が指揮を執っている。厚手布の黒いバッグに真券の三千万円が詰められた。現金は偽装で、という意見があったが、犯人が人質を取ったままバッグの中身をあらためる場合を想定して、真券をととのえた。

水谷社長のケータイをテーブルに置いた特別捜査室へ、鈴木直子が到着した。グレーの長袖シャツに濃紺のパンツ。靴は踵（かかと）の低い黒。小型のショルダーバッグも黒。腕に掛けていた紺のジャケットと一緒に、黒いベルトをテーブルにのせた。ベルトに付いている黒いホルダーには、小型拳銃の「サクラ」が収められている。

寺内が小仏に鈴木巡査を紹介した。鈴木は丸顔で目尻が少し下がっている。微笑むと八重歯がのぞいた。

「ほんとうは警官がやることだが、犯人に警戒を抱かせないために、小仏が」

寺内は険しい表情をした。「小仏が元刑事でなかったら、こういうことはさせなかった」

小仏は、「分かっている」と首を動かした。

妙ないいかただが、犯人のヤマトと小仏には、何度か会話をしているうちに一種の信頼関係が成り立っているのだ。これからもヤマトは電話をよこすにちがいないが、田中と名乗った小仏以外の人間が応答した場合、いままで以上に警察を意識するだろう。警察がからんだと察知したヤマトは、現金を奪えないと判断するかもしれない。

現金を奪うどころか、捕まってしまう可能性のほうが高い。そう考えれば、人質の景子を無傷で返すことはしないだろう。

「犯人は、警戒のために交換地点を変更することが考えられる。地点を変更しては、こっちの動きをにらんでいるだろう。相手の要求に応じながら、自分と鈴木巡査の安全を心がけてくれ」

寺内は小仏の肩に手を掛けた。

小仏は、事務所に電話した。応答したエミコに事情を話した。会話の途中でイソが代わった。

「所長」

イソは呼び掛けたまま黙っている。

「なんだ」

「長いあいだ、お世話になりました」

「事務所を辞める決心でもついたのか。それとも、川か海へ飛び込むことにしたのか」

「所長は、最期の最期まで、おれを虐待しつづけて。それでも、きょうでお別れかって思うと、なんか懐かしいような、名残り惜しいような」

「昼になにを食ったんだ。認知症を発症するには、まだ早いような気がするが」

「そういっておれをコキ下ろして、笑いながら逝ってください。あとのことは心配しないで。しっかり者のエミちゃんと、きれいに事務所をたたむことにしますので」

「おれが還ってこないとでも……」

「還ってこれるわけないでしょ。相手は金を奪うために、武装しているんですよ。警察は金を奪って逃げようとする犯人を、捕まえることしか考えていない。犯人がいま人質にしている女のコを手放した瞬間に、飛びかかろうとする。そこで何人かが犯人に撃ち殺される。最初に腹に風穴をあけられるのが、所長」

「イソのうわ言をきいたら、腹が減ってきた。うな重でも詰め込んで、出掛けることにする」

　シタジを渋谷署から帰すことにした。駐車場の車の中にいるシタジに、これから静岡へいくと告げると、

「所長が犯人と接触するんですか」

　と、心細げな声を出した。

「そういうことになるかも」

「犯人は、銃か刃物を持っていますよ」

「そうだろうな」

「警察は所長に、拳銃を持たせればいいのに」

小仏はシタジに、車を置いて気をつけて帰れといった。

特別捜査室へ早めの夕飯が届いた。かつ丼だ。味噌汁と黄色のタクアンが付いている。

鈴木巡査は小仏に並んで食事をはじめた。彼女は、西川景子に代わって人質にされるかもしれなかった。彼女はそういうことを想像しないのか、厚いカツを黙々と嚙んだ。

寺内と五木は話し合っては、静岡県警と電話でやり取りをしていた。

小仏がかつ丼を食べ終えてお茶を一口飲んだところへ、臙脂色のケータイが火花を散らした。部屋にいた全員が口を固く閉じてケータイをにらんだ。鈴木巡査は、丼にそっと蓋をした。

午後五時八分。今度も公衆電話だった。

「静かなところにいるらしいが、いまも病院の駐車場なのか」

ヤマトの声はわりに穏やかだ。

「そうです」

「社長の容態はどうなの」

「心配なんですか」

「早くよくなるといいとは思っとる」

「普通の食事ができないので、点滴だけで。ヤマトさんは西川に、社長の病気のことを話してくれましたか」

「いや」

「社長は、西川のことを気に病んでいます。早く帰ってきて、お見舞いをすれば、社長はいくらかでもよくなると思います。……私がそちらへいくより、ヤマトさんが西川を連れて、こっちへきてくだされば、私も社長のそばをはなれなくてすむのですが」

「うまいことをいうじゃないか。金を持ってくる女のコは、どうした」

「社員でないほうがいいと思ったので、私の親戚のコに話をつけたところです」

「そのコは、いくつだ」

「たしか二十五歳です」

「なにをしているコなの」

「保育園に勤めています」

「約束の九時半に、菊川へこれるんだな」

「なんとか間に合うようにします」

「ニセ札でだまそうなんてことを、考えるなよ」

「そんなことを、考えたことも。いまも私の股の下には、ちゃんと。菊川の堀之内というバス停に着いたら、ヤマトさんに報せますので、電話番号を」

「そんなものは、持っとらん。バス停に着いたら、鞄を持った女のコだけ車を降りて、西のほうへ歩いてくりゃいい」

ヤマトは、現金と女性を運んでくる車のナンバーを教えろといった。彼は警察車両のナンバーを知っているのではなかろうか。

「品川ち01の74××ですが、暗いところだと、分からないのでは」

小仏は、出まかせのナンバーを答えた。ヤマトは、それを控えたのかどうか、九時半に電話するといって切った。

五木は、警察車両のナンバーでない乗用車を用意したといったが、小仏は使い慣れた自分の車でいくといって、助手席に鈴木巡査を乗せた。彼女はシートベルトを締めると、腹をぽんと叩いて、

「わたしは、保母さんなんですね」

と、前方を見たままいった。

3

午後九時十五分。五木が乗っている灰色の車の一〇〇メートルほどあとを、小仏の

車が東名高速道菊川インターチェンジを降りた。助手席の鈴木直子にはあらためて緊張がはしったらしく、シートベルトをつかんだ。

ＪＲ東海道本線の線路を渡った。ヤマトの指示どおりT字路に突きあたった。これが県道らしい。左折して西を向いた。三、四分走ると家並みが少なくなった。暗い夜道をのろのろと走った。バス停を見つけたので停止した。堀之内だった。

九時三十分きっかりに、ケータイにヤマトから電話が入った。０８０からはじまる番号が映った。今度は公衆電話でない。

「バス停に着いたか」

濁声ヤマトだ。

「私の車が見えるんでしょ」

「いいから、女のコを降ろせ。鞄を持って、道路の右端を西のほうへ歩かせろ。あ、ちょっと待て」

ヤマトはなにかを見て、警戒したのか電話が切れた。乗用車と小型トラックが西方向へ通過した。

ヤマトから電話が入った。

「そのまま西へ走れ。道の右側の角にゴルフ場の看板が立ってる。そこを右に曲がると左に石垣がある。そこで女のコを降ろせ。あんたは降りるな。女のコを前方へ歩かせろ」

ヤマトがいったとおり石垣があった。

鈴木巡査は車を降りると、ドアに手を掛けて左右へ首をまわした。黒い鞄を持ち上げた。小仏と彼女は顔を見合わせた。彼女の頰が引きつっているのが分かった。

小仏は、彼女の二〇メートルほど後ろを転がした。と、前方から歩いてくる人が見えた。女性だと分かった。その人はなにも手にしていないようだった。鈴木巡査と女性はすれちがい、十歩ばかりはなれると、鈴木は鞄を地面へ置いた。横あいから黒い影が動いて、道を横切りざま路上の鞄を持ち上げて、暗がりに消えた。野生動物のように敏捷だった。

鈴木巡査が道の端にうずくまったのが見えた。小仏は車を降りた。と、前方から歩いてきた女性が、小仏に駆け寄った。

「西川景子です」

「分かった」

小仏は景子を車に押し込むと、鈴木巡査の名を呼んで彼女に向かって走った。彼女は立ち上がってからよろけ、彼の肩につかまった。怪我はしていなかった。

車へもどった。西川景子は両手で顔をおおっていた。

「怪我は?」

「いいえ、大丈夫です」

景子はそういってから、咳をいくつもした。

助手席にすわった鈴木は、胸に手をあてていたが、後部座席の景子の咳に気付いてか、上体をひねって水のボトルを与えた。

前方から走ってきた車が停止した。五木が降りてきた。彼は、鈴木巡査をねぎらい、景子にも言葉を掛けた。


五木の乗った車のあとを追って渋谷署へ帰着した。

「危険な目に遭わせて、悪かった」

寺内管理官が鈴木直子巡査に頭を下げた。

小仏は、本社の社長室にいる水谷のスマホに掛け、人質と現金を交換したことを告げ、電話を景子にあずけた。彼女は背中を向けると、涙声で話していた。

五木のケータイが鳴った。

「やったか、そうか、ご苦労さん」

彼はケータイを耳にあて大声を挙げた。身代金三千万円を入れた鞄を、鈴木巡査から奪って逃げた男を、追跡して、逮捕したという現場からの捜査員の報告だった。車で逃走した男を捜査員は尾行した。男は尾行に気付いたのか、それとも行方をくらますためにか、静岡県西部の掛川市、袋井市、そして磐田市の一般道路を蛇行しながら走り抜けた。天竜川橋を渡って浜松市に入った。市内中心地を幾度も方向を変えた末、鴨江町の駐車場へ入った。黒い鞄を提げて、小さなマンションの二階の部屋のドアにキーを差し込んだところで、捕まえた。これから男を、浜松東署へ連れていく。氏名をきいたが一言も答えない。四十二、三歳見当で丸顔。髪は短く、色白のほうで、身長は一六五センチ程度の中肉。

その報告をきいた鈴木巡査は、肩から力が抜けたように首を折ると、目を瞑った。

「小仏さんに面会人が見えています」

若い警官がドア口でいった。「立原さんとおっしゃる女性です」

その言葉をきいた西川景子が泣き声を挙げた。

立原和歌には、小仏が連絡したのだった。

「面会人を、ここへ案内してください」

小仏は、肩を震わせている景子を見ていた。

立原和歌は、鉛のような色の地に黒い縞の着物姿だった。場ちがいな服装の彼女を見て、何人かの男が立ち上がった。景子は拝むように合わせた手を口にあてて、和歌のほうへ寄っていった。

小仏はイソに電話した。今夜のイソは、ライアンのカウンターで酔い潰れているのではないかと思ったが、まるで電話を待っていたようにすぐに応じた。

「正気か」

「水も飲んでいません。所長は無事のようですけど、いまはどこに？」

「渋谷署だ。きょうのおれの仕事はすんだ」

「なんだか、無傷みたいな声だけど、犯人に、切られたり刺されたりはしなかったんだね」

「残念ながら、おまえの期待ははずれた。いまどこにいるんだ」

「事務所。エミちゃんも、シタジも」

「なぜこんな夜中まで、事務所に？」

「鈍感で冷血な所長にゃ、おれたちのことは分かんないだろうね。所長の声をきいたんで、これから酒盛りをしようかな」

電話はイソのほうから切れた。

次の日の午後、五木から小仏に電話があった。昨夜、浜松市鴨江町のマンションで逮捕した男についての報告だった。

東京で会社帰りの西川景子を誘拐して、愛人である水谷広喜に身代金を要求し、要求に応じて水谷が用意した三千万円を強奪したのは、浜松市鴨江町の光沢雄二（みつざわゆうじ）、四十二歳だった。

光沢雄二は警視庁本部へ移送されて取調べを受けていたが、身元を一切明かさなかった。しかし、警察庁保管の指紋に該当があった。

三年前である。浜松市富塚町の公園から五歳の少女がいなくなった。少女の母親が娘の行方不明を警察に通報したため、捜索がはじめられた。三時間後、一時行方不明になった少女は見知らぬ男と一緒に公園へもどってきた。警察は男に事情をきいた。すると、散歩していたら少女がついてきたので一緒に歩いていたし、途中で飲料水を買って飲ませただけ、と答えた。少女のほうも、『おじさんと歩いていただけ』といい、恐怖感を覚えたり、いたずらをされたのでないことが分かった。

警察は二度と同じようなことをしないようにと、厳重注意で放免した。当然だがそのさい身元確認をしたし、念のために指紋を採った。その当時の光沢雄二の住所は浜松市布橋。一年あまり前に離婚していた。離婚当時七歳の娘がいたが妻が引き取った。いったんは少女誘拐容疑で事情聴取されたときの、光沢は無職だった。経歴は市内の高校卒業後、衣料品販売会社、静岡市のホテル、名古屋市の探偵社に勤務。父親は三代続いた畳職人で、新居関所史料館や新居宿の旅籠・紀伊国屋資料館の畳をつくった人。現在も旅館などから畳の注文を請けているという。

「現住所のマンションには、二年前に入居して、独りで住むということだったが、体格のいい男が二人出入してたことが、入居者への聞き込みで分かった。入居者の中には、中年男が三人で暮らしているようだったし、なにをしている人たちなのかは分からなかったという人がいるそうだ」

静岡県警は目下、光沢雄二が住んでいた部屋を細かく調べている、と五木はいって電話を切ったが、夕方、また、「浜松からの報告だ」と電話をよこした。

「光沢が住んでいた部屋から、中ノ島豪と大友高充の指紋がいくつも検出された」

静岡県警は部屋の中をなお細かく調べているという。

マンションの入居者がいった、体格のいい二人の男というのは、中ノ島豪と大友高充のことだったのだろう。


「小仏さんの、あしたの晩のご予定は？」

水谷社長が電話でいった。

「べつに」

「では、お礼をしたいので」

「ご丁寧にありがとうございます」

明晩、六時半に松濤の料亭・ひさ田で会うことにした。

「西川さんは、どんな具合ですか」

「きょうは警察でいろいろ事情を聴かれたということです。あしたから出勤することになりましたが、渋谷店に移すことにしました」

健康には異常はなさそうだという。

西川景子は心には傷を負っただろう。彼女は水谷広喜の愛人だから身代金を奪うために拉致されたのだ。これからも水谷といままでどおりの関係をつづけるかを考えるにちがいない。彼女が、「別れたい」といったら、水谷は、「そうか」と承知するだろうか。彼女は二十四歳だ。彼女に思いを寄せている男性がいるかもしれないし、縁談が舞い込むかもしれない。

今回の事件を機に彼女が水谷との縁を切ることを決心したとしたら、エンサイを退職すると思う。

4

小仏は約束どおり午後六時半に水が打たれているひさ田の玄関に着いた。細い腰をした和服の女性が出てきて、

「水谷さまは、お着きになっていらっしゃいます」

といって床に膝をつき、小仏が脱いだ靴を棚にしまった。磨き込まれた廊下の奥の

障子には灯りが薄く映っている。

部屋の大ぶりの壺には、ハギとスダチが活けられていた。

「やあやあ、お忙しいところを、お呼び立てをして」

水谷は座布団をはずして頭を下げた。小仏は水谷から、このような挨拶を受けたのは初めてだった。

すぐに酒が運ばれてきた。お通しは、小柱とすじこのみぞれ。小柱を軽く焙ってあるのが旨い。

越後の酒を一口飲むと水谷は、黒い革鞄から白い包みを取り出し、

「約束どおりのお礼です。調査料のほうはべつに請求してください」

といってテーブルに置いた。

小仏は忘れていたが水谷は、西川景子を誘拐犯から無事取りもどすことができたら、その礼として車を一台プレゼントするといったことがあった。包みの厚さから推して中身は三百万円だろう。

「これは、調査料として頂戴しますので」

「いいんだ。お礼だから、領収書は要らない」

「では、遠慮なく」

女性の声がしてふすまが開いたので、小仏は白い包みを鞄にしまった。

おたがいに酒は手酌で飲ることにした。

「私は、これと、これが好きでね」

和服の女性が置いた鉢を水谷は指差した。それはタコの塩辛と白子の天ぷらだった。

「小仏さんにだけ、前に話したことだが、私は何人かの女と付合っている。女のわが侭や身勝手に、腹を立てたり、むしゃくしゃしたことは幾度もあるが、今回のような目に遭ったことはなかったし、考えてみたことさえもなかった。これからは、用心が必要だっていうことを学んだ」

「今回は、身代金目あての誘拐でしたけど、社長の隠しごとに目をつけて、脅してくる者がいないとはかぎりません。政治家や財界人が、強請られた例は数えきれないほどです」

「強請られて、金を出さなかったら？」

「犯人は腹いせに、事実を世間にバラしたり、いや、事実の何倍もの話をこしらえて、マスコミに流したり、ネタを売ったりするでしょう」

「私が隠していることをバラされたりしたら、女のほうも、とんだ迷惑をこうむることになるね」

ふすまの向こうで小さな音がして、女性が、

「お客さまがお見えになりました」

と告げた。

音もなくふすまが開いた。頭を下げていたのは西川景子だった。彼女は、水色の地に細かい花びらを散らしたシャツに、ベージュのカーディガンを重ねていた。部屋に入ると小仏に向かって深く頭を下げた。今夜の彼女には薄化粧の跡が見えた。水谷とも小仏とも鉤の手になる位置にすわった彼女は、なにも話したくない、なにも食べたくないといっているように、口を閉じていた。

彼女の前にも、酒や料理が運ばれてきた。

「この人は、酒が強いんだよ」

彼女の緊張をほぐすように水谷が小仏にいった。盃を持った彼女は両手で小仏の酒を受けた。二十四歳だが、今夜の彼女はいくつか上に見えた。

小仏は、警察で詳しくきかれただろうが、と前置きして、犯人に連れ去られたさいの状況をきいた。

――会社帰りの景子は、新宿駅西口に向かっていた。背後から掛けられた男の声に振り向くと、見知らぬ男が抱きつくように近づいて、『声を出すな』といって腰のあたりを手で突いた。彼女は一声挙げたが、近くを歩いている人にはきこえなかったらしい。男は顎で合図して、ダークブルーの車の前部座席へ彼女を押し込んだ。男は手に刃物のような物を持っていそうなので、大きい声を出せなかった。

「近くには人がいたでしょうね」

小仏がきいた。

「少なくとも五、六人はいたようです」

彼女が押し込まれるように車に乗り、男も乗ったのを、見ていた人はいるはずだった。だが、『女性が男に連れ去られた』と一一〇番通報した人はいなかったようだ。若い女性が車に不自然な乗りかたをした瞬間を目撃したが、男とは知り合いだろうと判断したのかもしれなかった。

男は運転席に乗ると彼女に、シートベルトを締めろといって走りはじめた。どこへいくのか、と彼女がきくと、『これからは、おれのきいたことだけを答えろ』といった。甲州(こうしゅう)街道から環八通りへ曲がり、用賀(ようが)から東名高速道路に乗ったところで、遠方へ連れていかれそうだと気付いた。バッグの中に手を入れて、スマホをつかんだ。男は車のスピードを緩めると、彼女がつかんでいたスマホを奪った。神奈川県内を通過して、静岡県内を走っていることが分かった。

『どこへいくんですか』

『おれのいうことだけをきいてろ』

『わたしは、あなたを知らないけど、あなたはわたしを知ってたんですか』

『エンサイ・新宿店に勤めている西川景子さんだろ』

景子はハンドルをにぎっている男の横顔を見たが、見覚えはなかった。

『なぜ、わたしを知ってるんですか』

『エンサイの水谷社長に可愛がられているじゃないか』

『そんなことまで……』

『なんでも知ってるだよ。それだで、おとなしくしとりゃいい。騒いだり、逃げようとしたりしたら、背中から胸に風穴が空くで』

景子は身震いして、シートベルトをつかんだ。

高速道を浜松で降りたのが分かった。それから市街地らしい場所を通って、二十分ほどで暗い駐車場に着いた。古そうな小さなマンションの二階へ階段で上がった。

キッチンと二部屋あることが分かった。男の住所だろうと思った。キッチンの棚には鍋や食器類が重ねられていた。

『疲れただろ。眠ってもいいぞ』

なにをされるか分からないのに、眠れるわけがなかった。男は冷蔵庫から缶ジュースを出して、『飲め』といい、彼も飲んだ。

『腹がすいただろ』

食欲はなかったが、食べておかないといざというときに行動できないと思ったので、首でうなずいた。

彼は、炊いてあったご飯とレトルトのカレーを温めて、皿に盛った。福神漬けを添えた。手つきは炊事に慣れているようだった。ここで独り暮らしをしている男にちがいないと思った。

部屋の空気には男の匂いがまじっているが、新聞と週刊誌は部屋の隅に重ねられているし、着る物などが散らかってはいなかった。彼の着ている物も汚れていないようだった。彼は独り者なのか、職業はなにかなど、ききたいことが口をついて出そうになったが、辛口のカレーを黙って食べた。

『あんたがいま、いちばん気になっているにちがいないことを、いっておく』

彼は、冷蔵庫で冷やされていた水を飲んでいいはじめた。

『あんたを、少しばかり手荒な方法で攫ってきたのは、あんたがエンサイの水谷社長に可愛がられている人だったからだ。おれはこれから社長に、まとまった金額の現金を要求する。……これでおれがやったことの目的が分かったら』

景子は上目遣いで男の顔を見ながら、小さく首を動かした。

『だれでも同じだが、暮らしていくには金が要る。金が要るだで、どいつもこいつもなんとかしてるんだ。金がないやつからは取れんが、遣いみちに困るほど金を持っとるやつはおる。水谷はそういう人間の一人だ。……あんたを攫ったのは、水谷に金を出させるためだけだで、おとなしくしとりゃ、おれはなんにもしない。水谷には、あした目的をはっきり伝える。あんたは居心地が悪いだろうが、そう何日もかからんうちに帰れるようにするで、腹がへったらなにか食って、おとなしくしとってくれ』

隣室の床には布団が重ねられていた。その部屋と布団を使うようにと彼はいった。つまり彼は隣の部屋で寝むということだった。おたがいにトイレを使うが、風呂には入らなかった。風呂を使っているあいだに景子が逃げ出す怖れがあるからにちがいないと思った。

ドアを閉めると景子は布団を敷いた。それには男の匂いがしみ込んでいるようで、気持ちが悪かった。人家や共同住宅が建ち並んでいる一角なのに、たまに車が通る音がするだけで、その静けさが不気味でもあった。

その部屋には両開きのクローゼットがあった。そこをそっと開けてみた。服がぎっしりと吊り下がり、二つの引き出しにはシャツや下着類がたたまれていた。誘拐犯とはべつの男がこの部屋を使っているのだろうと想像した。べつの男は今夜にも帰ってくるのではと思われ、あらたな恐怖心に襲われ、目を瞑っても眠りにはつけなかった。

次の朝は六時少し前、コトコトと小さな音をきいた。二時間ほどまどろんでいたのだった。小さな物音はキッチンからだった。男が炊事していることが分かった。

景子は布団をたたむと、髪を撫でつけてキッチンへ入った。

『早いじゃないか。おれは腹がへったもんで。あんたはゆっくり寝とってもいいんだが』

『テレビをつけてもいいですか』

景子は、キッチンの椅子に腰掛けた。

『いかん』

男は叱るいいかたをして、彼女をにらんだ。

『パンもご飯もあるが、けさはどっちがいい』

彼はフライパンを手にしてきいた。

『ご飯のほうが』

『いつも、朝はなにを食うんだ』

『フルーツとコーヒーだけです』

『それで、細いからだをしてるんだな』

久しぶりに味噌汁のいい匂いを嗅いだ。具はジャガイモだった。目玉焼きが二つ白い皿にのった。ゴボウとキュウリの味噌漬けを小皿にもって、朝はしっかり食べることだと彼はいって、湯気の立ちのぼる緑茶を飲んだ。

『いつも、こういうご飯を食べているんですか』

『ああ。お茶漬けの日もあるけどな』

『お料理、上手なんですね』

『嫌いじゃない』

景子は、目玉焼きをのせたご飯をひとにぎりほど食べた。味噌漬けを食べたのは一年ぶりぐらいで、緑茶をおいしいと思った。

食事を終えると、景子が食器を洗った。彼の目を盗んで流し台の下の扉を開けてみた。包丁差しには一丁も入っていなかった。引き出しの中を見たが、果物ナイフの類も入っていなかった。彼はけさ、味噌汁の具や味噌漬けを包丁で刻んだはずである。それなのにキッチンには刃物類は一切なかった。

彼は椅子にすわって腕組みをし、目を瞑っていた。眠っているのかどうか分からなかった。

景子は窓辺に立ってカーテンを少しすかした。雨が通りすぎたらしく、民家の屋根が濡れていた。民家を一軒越えた先がアパートだった。そのアパートの二階の窓が開いて、パジャマ姿の女性が部屋の空気を入れ替えるように窓を開け広げ、毛布かシーツのような布を窓辺へひらひらさせていた。二十分ほど経つと、黒っぽいシャツに着替えた女性が窓を閉め、カーテンも閉めた。仕事に出掛けるにちがいなかった。本来なら景子にも出掛ける時刻が近づいていた。けさの彼女は出勤できないし、会社に欠勤を告げることもできなかった。スマホは男に取り上げられて電源を切られている。一緒に暮らしている立原和歌にも連絡できない。こういう場合、会社はどういう手を打つのだろうか。社長の顔が浮かんだ。男は社長に身代金を用意させるといっている。その要求を社長が呑むだろうか。

午後になった。男は、外出するといった。彼だけが出掛けるのかと思ったら、景子も一緒だといわれ、車の助手席に乗せられた。

浜松の市街地を走っていることだけは分かった。これまでの景子には無縁の土地だ。市の名だけは知っていたが、ここになにがあるのかなどは知らなかった。

走っているうちに城が見えた。『昔あそこに、徳川家康がいたんだぞ。いまは銅像が立ってる』男はいったが、景子は言葉を返さなかった。城の近くの木立の中を通り抜けると、ビル街になった。彼は信号待ちでないところで、何回も停車し、スマホを操作した。思い付いたことか見たものをメモしているようでもあった。

左の車窓に天を衝くような高いビルが映った。鉄道のガードをくぐった。東海道新幹線には浜松駅があるのを思い出した。

男はなにが目的で走っているのか、何回もガードをくぐった。楽器博物館があったし、浜松科学館という建物もあった。

男は車を降りるさい、景子をにらみつけて、『分かってるな』といった。彼女は首でうなずいた。彼は二十歩ばかりはなれたところの公衆電話ボックスに入った。ボックスの脇に車をとめない理由が分かった。防犯カメラの視野を避けているのだった。

『あんたは、水谷社長の秘書を知ってるか』

男は二度目に電話をして車にもどると、景子にきいた。

『会ったことはありませんけど、木戸さんという女性がいるのは知っています』

『田中っていう男は？』

『知りません』

『社長秘書は何人もいるの』

『秘書課がありますけど、そこに何人いるのかは知りません』

二度目の夜が訪れた。彼はスーパーで買った二人分のうなぎの蒲焼きをご飯と一緒に温め、マツタケ味の吸い物を添えて夕飯にした。景子は半分残したが、男はきれいに食べた。夜が更けても、部屋にはだれもこなかった。クローゼットの洋服類はいったいだれの物なのかと、彼女は首をかしげた。

彼は、三十分おきぐらいにスマホを見るが、すぐにポケットにしまった。テレビはつけなかった。景子が行方不明になっていること、いや、誘拐されたことは報道されているような気がした。彼はそれを確かめるためにスマホをちょくちょく見るのではないか。

その夜もシャワーを浴びず、昼間の服装のまま男の脂の匂いがしみ込んだ布団に入った。

真夜中に気付いたことだったが、部屋のドアは内側から施錠できる。窓の下は肩幅程度の路地である。少しばかりの怪我を覚悟ならドアに鍵をかけて窓から飛び降りることは可能だった。そう思って立ち上がろうとしたとき、ドアが開いた。彼に手籠めにされそうな気がして、身構え、枕を抱えた。

『ドアに鍵を掛けるなよ』

まるで彼女の思案を見抜いたようなことをいうと、ドアを強く閉めた。

彼は意識的なのか、粗野ないいかたをしたり、低く濁った声で穏やかな話しかたをした。これまでにどんな職業に就いてきた人なのか、景子には判断できなかった。彼は、暮らしていくには金が要るといった。金を得るためになんでもするといっているようだった。景子は他人に対して、『金を得るために』などという言葉を遣った憶えはないが、現在のありのままの暮らしぶりを人に知られたくはなかった。

郷里は、長野県東筑摩郡旧波田町だ。昔、岡谷の製糸工場に勤めていた飛騨出身の若い工女たちが、年に一度の帰省に山越えしたと伝えられている野麦街道の近くである。そこには、五十二歳なのに、製材所での作業中の怪我で働けなくなった父と、父の起居に付添っている母が暮らしている。近所の農家が、野菜やリンゴをくれるので、助かると母はいっている。

景子は、松本市の高校へ入ったが、遠距離のために雨の日や雪の日の登校には苦難を強いられた。高校へすすんだ同級生はみな、松本市内に部屋を借りての就学だったが、景子の家は、学校の近くに部屋を借りてまで娘を高校へ出す余裕はなかった。

一年生の秋。北アルプスの稜線がうっすらと白い波を描いた日、『東京なら仕事がある』と母にだけいって上京した。年齢をごまかして、従業員寮のある居酒屋とキャバクラで働いた。芸能プロダクションの社長の目にとまって、モデルをすすめられた。最初は全裸のモデルだったが、下着を着けるようになり、水着に変わり、次第に素肌が隠れるようになって、軽装の洋服でカメラに向かうようになった。

エンサイが扱う商品のモデルになったのは一年あまり前。新製品の撮影が終わるのを待っていたように水谷社長に呼ばれ、東京タワーのすぐ近くの料亭で、それまで見たこともないし、名も知らない料理を馳走になった。それから数日後、社長から電話で、『大事な話をしたい』といわれ、指定された中華飯店で、エンサイの社員にならないかとすすめられた。景子は給料の額をきいた。プロダクションからの給料とキャバクラでのアルバイト料の合計よりそれは少なかった。いい返事をしなかった彼女は、社長に暮らしぶりの実状をきかれた。

彼女は、実家に送金しなければならない事情を正直に話した。『毎月、送っているの？』社長はきいた。送ることのできない月のほうが多い、と彼女は答えた。『お父さんとお母さんが安心して暮らせるように、毎月決まった額を送ってあげなさい』社長はそういって、手を強くにぎった。以来彼女は、月に二、三回、社長と都内のホテルで一夜をともにする間柄になった。

社長は約束どおり、毎月、彼女が想像していた以上の金額をくれた。景子は実家に送金したし、上京後初めて帰省した。今年は夏休みにも帰省して、父の車椅子とメガネを新しいのに替えた。東京ではモデルをやっているのだと両親に話した。モデルとして売れるようになったと、嘘をついた。

『テレビには出ないの？』母がきいた。

『俳優やタレントじゃないので』東京へきたことのない母に笑って話した。

いまはクラブを経営している立原和歌の部屋に同居しているが、それは家賃の心配をしなくていいからだった。毎週金曜の夜だけ、和歌がやっている店へ出勤する。それが約束で、店からは毎月一万円×出勤回数のアルバイト料をもらっている。和歌は月に何回か、朝方、景子の寝床へ足のほうから忍び込んでくる。男性がするようなことをするが、それに応えている。

男は何度もトイレに入った。彼は眠らないか眠れないのではないかと思った。眠らず、身代金を手にしないうちに死ぬのではないか。水谷社長からどういう手順を踏んで現金を奪うかを練ってあるにちがいない。しかし計画どおりに事を運べるかどうか。警察に囲まれていないかなどを考えているだろう。人質景子は、このマンションの位置を記憶しているはずだから、金を奪うことができても、ここへはもどらないほうがいいと、舞台で主人公を演じるように、演じるためのシナリオを何度も書き直している姿を、景子は想像しながら、きいたことのない銃声を想像して怯え、底知れぬ寒さに疲れて、眠りに溶けていった——

第七章　稼　業

1

秋らしくないどんよりと曇った日がつづいているが、大友志津のプレゼントのコスモスは、白とピンクと紫の花を勢いよく咲かせている。

「ゆうべは、ありがとうございました。人には知られたくなかった恥ずかしいことまで、話してしまいました」

西川景子は電話でそういった。「ゆうべ帰ってから、いただいた小仏さんのお名刺をあらためて見ているうち、はっと思い出したことがありました。ゆうべお名刺をいただく前に、わたしは小仏さんのお名前を知っていたんです」

「そうですか。私はあなたとは初対面だと思っていましたが、どこかで会っていたんでしょうか」

「いいえ」

景子は、浜松市鴨江町のマンションに監禁されているあいだに、自分が寝ていた部屋のクローゼットの中をのぞいた。重ねられている衣類の脇に茶封筒があった。それの中身は二十数枚の名刺で、全部同じ文字だった。彼女はとっさに、この部屋を使っている人の名刺にちがいないと悟った。それは横書きに［小仏太郎］。氏名の下に090からはじまる電話番号だけが刷られていた。それの一枚を抜き取ろうとしたが、もし監禁男に見つかったら制裁を受けるだろうと思い、封筒を元の位置にもどしておいた。これまでに何人もから名刺をもらっていたが、氏名と電話番号だけの名刺を見たのは初めてだった。電話さえ通じれば住所などは不要といっているようだった。

小仏は、西川景子が電話でいったことを、五木に知らせた。

「小仏太郎と電話番号だけの名刺は、静岡県警の家宅捜索で発見され、証拠品として没収しました。それは浜松の病院で死亡した中ノ島豪が使用していた物じゃないでしょうか」

名刺は、主要駅などに設けられている自動印刷機で刷ったもので、封筒に入っていたのは二十五枚だという。

けさのイソは、不精髭のまま出勤した。

「その汚い髭を剃れ」

小仏は、読み終えた朝刊をたたんだ。

「きょうは、人に会う予定はないんだから、一日ぐらい剃らなくたって」

「これからおれと一緒に人に会うんだ。重要な人物にな。その顔とその格好じゃ、ごろつきに見られる。ズボンにはアイロンをかけろ」

「ごろつきはひどいな。所長に顔のことだけはいわれたくないけど」

イソは小仏をひとにらみしてから洗面所の鏡に顔を近づけた。エミコがアイロンをコンセントに差し込んだ。

「重要な人物って、どこのだれのことですか?」

イソはシェーバーで髭をあたりながらきいた。

「岸本商会の専務雨宮昌幸」

「顎に髭をたくわえた、あの男。……直接会うんですか」

「きょうは彼にとっても、きわめて大事な用件でな」

「所長は独りじゃ怖いんで、おれを連れていくんだね」

「べつに怖かないが、証人として、おまえにも相手のいうことをきかせておきたいからだ」

「おれは、なにかいわなきゃいけないの」

「おれと雨宮の会話を、隠し録りしろ」

エミコは、イソのズボンをプレスする前に、裾のあたりに濡れタオルをあてて揉んでいた。小仏は彼女のやることを見ていたが、イソは鼻歌をうたいながら顎をこすっている。

小仏は、文京区湯島の岸本商会へ電話して、雨宮昌幸を呼んだ。

「雨宮です」

わりにはっきりした声が応じた。

小仏は名乗り、大事な用件で会いたい、午前十一時に会社を訪ねるがよいかと、やや強引ないいかたをした。

「探偵事務所の方が、大事な用件とは、いったいどんなことですか」

「大事なことですので、電話では申し上げられません」

「きょうは、外出の予定があるので……」

「会社でないほうがいいかもしれませんね。雨宮さんのさしさわりのない場所をおっしゃってください。私はどこへでも参りますので」

雨宮は少し考えていたようだが、神田明神のすぐ近くの喫茶店ではどうかといった。

「では、十一時にその店で」

小仏がいうと雨宮は、人が変わったような細い声を出して電話を切った。

車をコインパーキングに入れて、十一時五分前に雨宮が指定した店へ入った。店内はすいていた。広い葉の植物がところどころに置かれている。

小仏とイソは、入口が見える壁ぎわの席を選んだ。

十一時五分。グレーのスーツに赤と紺のまざった柄のネクタイを締めた雨宮が入ってきた。太っていてずんぐりした体軀だ。顎に髭がある。

小仏が椅子を立って会釈した。雨宮は四角張った顔と太い首を肩に埋めるようなしぐさをした。周りを警戒するように左右を見ながら小仏たちの席に近寄ると、おじぎをした。その態度はなんとなくぎこちない。

小仏が名刺を渡すと、それをじっと見てから名刺を出した。腰掛けたが、落着けないらしく、瞳が動いている。

雨宮は、いったんポケットにしまった小仏の名刺を取り出すと、

「小仏さんは、ご本名ですか」

と、眉間に皺を立ててきいた。

「本名です。雨宮さんは以前、小仏太郎の名刺を受け取ったことがあったのではありませんか。それで私の名が気になっていらっしゃるのでは」

雨宮の太い眉がぴくりと動いた。左の目尻にホクロのような黒いシミがあって、そ

れには小皺が寄っている。

「いいえ」

否定するにしてはその返事は遅かった。彼はもじもじと動いてから、小仏とイソの顔を見て、

「大事な用件とは、いったいなんですか」

と、上目遣いをした。営業職として長年人と会う仕事を経験してきた人らしくない卑屈な目つきだ。

「十五年前の九月の未明、新宿・歌舞伎町の雑居ビルが火災を起こし、そのビルに入っていた飲食店の客や従業員が大勢亡くなりました。その火災に関してです」

小仏がいった。

「歌舞伎町の火事……」

雨宮は首をわずかにかたむけた。

「それはよく憶えていらっしゃいますよね」

「そういえば、そういう事件がありましたね」

「そのビルに入っていたクラブを、よく憶えているでしょうね」

「クラブ……」

「たびたび利用されていましたね」

いったことがあったような気がしますが」

「店の名を憶えているでしょ」

「いいえ」

「フェアリスです。その店を大学や病院の医師の接待に使っていたじゃありませんか。忘れたようなふりをしないでください」

「店の名前までは憶えていません」

「接待だけでなく、個人的にも飲みにいっていたことは、憶えていますね」

「仕事上、飲食店を利用しますが、その店へ、個人的に飲みにいったことはなかったと思います」

「フェアリスへ雨宮さんがたびたび飲みにきていたことも、そこでなにがあったかも、記憶している人が何人もいるんです。あなたの顔をはっきり憶えている人もいますよ」

「その店へ、たびたびいっていたなんて……」

雨宮は弱よわしく首を振った。

「火災から十五年目の日、新聞はその火災と、犠牲になった人のことを、あらためて記事にした。その記事を読んで、いろんなことを思い出したんじゃありませんか」

「小仏さんは、その火災と私が関係があるようないいかたをしているようですが

「……」

「関係が、あるでしょ」

「なんていうことを」

雨宮は丸い目を光らせた。

「火災の夜、雨宮さんは、フェアリスへ独りで飲みにいっていた。ホステスの一人と諍(いさか)いを起こした。そのホステスは火災の犠牲になった。店の人にはそのホステスとあなたの諍いの内容まで記憶されているんです」

「その日に、私が飲みにいっていたら、どうだっていうんですか」

「火災に関係があるっていっているんです」

「火災の原因が私にあるとでも」

「あるんじゃないですか」

「いい加減にしてください。あなたの目的はなんですか。脅しですか。それなら私には覚悟がありますよ」

「警察に訴えるというのなら、どうぞそうなさってください」

「出るとこへ出られたら、あなたたちは困るのでは」

雨宮は、にぎった拳に力を込めた。

「困りません。そちらが墓穴を掘る結果になる」

雨宮は、小仏とイソの顔を見直して身震いした。

「いくら要るんですか」

「私たちは強請じゃない」

「じゃ、いったいなんですか」

小仏は、飲み残していたコーヒーを舐めるように飲むと、雨宮のほうへ顔を少し近づけた。

「五年ほど前、雨宮さんは、私と同じようなことをいう男の訪問を受けましたね」

「さあ」

「忘れるわけはない。その男は、小仏太郎と名乗ったのでは」

「知りません」

雨宮は、ぶるっと首を振った。

「雨宮さんは、十五年ほど前、千駄木に立派な家をお建てになった。その家に十年ほど住んでいたが、土地とともに処分して、現住所へ移られた。家を手放したわけは、まとまった金が必要になったからでしょ」

雨宮は上着の上から胸を撫でた。自分を落着かそうとしているらしい。

「訪ねてきた男に、脅されたんですね」

雨宮は返事をせず俯いた。目を瞑った。五、六分経つと両手を頭にのせた。

「私たちが知りたいのは、五年ほど前、千駄木の家をなぜ手放されたかなんです」

小仏は語調をやわらげた。

「小仏さんは、私が千駄木の家を売ったことを、なぜ知ったんですか」

「事件が起きたからです」

「事件……。事件を私立探偵の小仏さんが？」

「そう。私は、ある機関からの指示で」

「ある機関……」

「ええ。調べていくうちに、十五年前の歌舞伎町のビル火災に注目したんです。その火災では、ビルの実質的オーナーら五人が、業務上過失致死傷罪で有罪判決を受けましたが、警察は放火の疑いがあるとみて、いまも捜査をつづけています」

「私と、その火災とは関係がない」

「それはあなたがいい張っているだけで、無関係かどうかは怪しい。雨宮さんは、そこをある男に衝かれた。ビル火災の発生時のあなたのアリバイは不明だったにちがいない。……ある男にあなたは、ホステスと諍いを起こしてむしゃくしゃしていたあなたは腹いせにビルに火を点けたといわれた。あなたはビルに放火していないかもしれない。だが警察は、あなたを放火犯に仕立てることはできるんです。火災発生時に、雨宮昌幸さんは焼けたビルの近くにいた。それを見た人は何人もいる。そういう筋書きをつくりさえすれば、あなたはどうもがこうと殺人犯になるんです。犠牲者の多さから、あなたは、まちがいなく死刑の判決を受ける。……ある男はそういって、あなたを強請ったでしょ」

雨宮は、頭に手をのせたり、胸を押さえたりしたが、小仏の質問に明快な答えかたをしなかった。

2

雨宮昌幸と別れると、岸本商会社員の水島に電話した。五、六日前、小仏に会いに亀有へやってきた男だ。小仏が雨宮の身辺を調べているので、それが気になっているといった雨宮の部下である。

電話に応えた水島に小仏は、雨宮に会ったことを話した。

「専務には、不審なところがあるんですね」

水島の声は送話口を手で囲んでいるように小さかった。

小仏は、気になる点があるとだけいって、九月十日、十一日、十二日あたりの雨宮の出勤状況を確認してもらいたいと頼んだ。

水島からは一時間後に返事の電話があった。

「九月十日、十一日は、土曜、日曜でした。十二日は体調不良という電話がありまして、欠勤でした。その日のことを私が憶えているのは、取引先の幹部社員と、御茶ノ水駅近くのレストランでの昼食会が決まっていて、専務と私が出席する予定でした。専務からはその日の朝、からだの具合がすぐれないので休むから頼むと、電話をもらいました。出席した方には私がそれを伝えたんです。取引先の方々は、日ごろ専務が丈夫なのを知っていましたので、珍しいことだとか、鬼の霍乱(かくらん)などと笑った方もいらっしゃいました」

九月十三日の雨宮は平常どおり出勤したが、体調不良を訴えて昼すぎに早退した。次の日のことだがある社員が、『きのうの午後、雨宮専務は東大病院の近くの喫茶店に独りでいた。考えごとでもしていたのか、目を瞑っていた』と、雨宮の側近社員に語った。

「それ以降に変わった点は？」

小仏が尋ねた。

「私は専務のようすをじっと見ているわけではありませんし、専務についての気になる噂などをきいていません」

水島は、雨宮に対してのどんな点を疑っているのかときいた。

「十五年前の、歌舞伎町の雑居ビルの火災。その火災には放火の疑いがかけられています。その火災と、五年前に、雨宮さんが千駄木の住宅を手放した事情との関連です」

「歌舞伎町のビル火災と、千駄木の住宅……。その二件はどんなふうに関連があるんですか」

「火災当日の夜、雨宮さんは焼けたビルに入っていたクラブへいっていました」

「そこは、取引先の接待に利用していた店では？」

「当夜の雨宮さんは、単独で飲みにいっていました」

「放火犯人は雨宮さんではと疑われているんですか」

「放火犯人は雨宮さんではないかもしれない」

「ないかもしれない人を、どうして？」

「雨宮さんは、ある男の標的にされたのだと、私はにらんでいます」

「標的に……。小仏さんのおっしゃっていることの意味が分かりません」

その意味は、近日中に分かるだろう、と小仏はいって電話を切った。

警視庁本部の安間から、また一つ要請が入った。

雨宮昌幸の指紋が必要なので、考えてくれといわれた。

「歌舞伎町のビル火災に関連してとでもいって、本部か、新宿署へ、本人を呼べばいいじゃないか」

小仏がいった。

「いきなりそんなことをいったら、弁護士を同席させるとか、あるいは、いわれのないことでの捜査には協力できない、なんていわれる可能性がある。……小仏には分かってるだろ、この件に関しての極秘捜査の意味が」

安間の言葉には、文句をいわずに指示どおり動けという肚がふくまれていた。

小仏は雨宮に電話で、あらためて会いたいといった。

「私はあなたに、いい感情を持てません」

雨宮の声は細かった。

「名前がですか、人相がですか」

「そういういいかたは、威嚇的です。私はあなたから脅迫される憶えはありません」

雨宮は、小仏には会いたくないといった。

「きのうの喫茶店でと思いましたが、おいでになっていただけないのでしたら、私が会社へおうかがいします」

「それが脅迫です」

「脅迫は犯罪ですので、どうぞ所轄にでも訴えてください」

「小仏さんは、いったい、どういう人なんですか」

「差し上げた名刺のとおり、探偵業です」

雨宮は、何秒かのあいだ黙っていたが、きのうの喫茶店へいくと答えた。午前十一時半に会うことにした。

きょうの小仏は、シタジを連れていく。シタジにはレコーダーを持たせた。

きょうも昼前の喫茶店はすいていた。小仏は、「店長」と呼ばれている五十代の男に、「髭を生やした男客が使ったカップをあずかりたいので、洗わずに置いて」と頼んだ。店長は小仏の名刺を見てうなずいた。

雨宮はきのうと同じで、約束より五分遅れて入口にあらわれると、店内を見まわした。いつのころからか、飲食店では周りの客の目を意識するようになったのではないか。

「お呼び立てをいたしまして」

小仏は椅子を立って頭を下げた。

「小仏さんは、強引な方ですね」

きょうの雨宮はのっけから険しい目つきをした。

「そうでしょうか」

「以前から、人を押さえつけるような強引な言葉遣いをしているんですか」

「さあ」

「探偵業は、何年ぐらい前からですか」

「忘れました」

雨宮はシタジの顔を見たが、すぐに目を逸らした。

「私は仕事が忙しいので、たびたび呼び出されるのは困るんです。きょうの用事はなんですか」

「千駄木にお建てになったお宅を、手放された理由を、はっきりと教えていただきたい」

「あそこよりも、住みやすそうだと思われるところが見つかったからです」

「それが松戸市の現住所ですか」

「私の現住所も知っているんですね」

「はい」

「現在の住所を、見にきたんですか」

「見ました。千駄木の家と比較するために」

「それも脅迫じゃないですか。いったい目的は、なんですか」

「申し上げたでしょ。ご自分で設計なされた千駄木の立派なお宅を、手放された理由を知りたいと」

雨宮は首をゆるく振ると、コーヒーにミルクだけを落とした。

小仏はなにも入れずに熱いコーヒーを一口飲んだ。

「きのうきいたことを繰り返しますが、五年前、急にまとまった金が必要になったので、家を売ることにした。歌舞伎町のビル火災をネタにして、あなたを脅した者がいた。そいつの脅しに屈伏した。脅しにきたのは何人でしたか」

「小仏さん。あなたは、いつかどこかで大きな見まちがいをした。それは妄想なのに、あたかも事実のような思い込みをしてしまった。あなたはそういう癖を持っている。体質なんです。その妄想によって、他人が傷つくことを少しも考えない。……私が自分の家を売ろうが、どこに住もうが、得た金をどう遣おうが、そんなことを妄想癖の者に、話すことはない。時間の無駄。大損害。もう絶対に呼び出さないでもらいたい」

雨宮は風を起こすように椅子を立つと、小仏とシタジをひとにらみして、店を出ていった。

「雨宮は、所長の追及に遭って、震えあがるんじゃないかって思っていましたけど、目つきは、かなり凶暴です」

シタジがいった。小仏は首でうなずいた。

雨宮が使ったコーヒーカップをポリ袋に収めて、警視庁本部で安間に渡した。係官は、二日にわたって録った雨宮と小仏の会話を再録した。

3

イソは大あくびをした。パソコンの画面をにらんでいるエミコを見ながら、両腕を伸ばした。夕飯をなににしようかと考えはじめたにちがいない。

「所長」

イソが振り向いた。

「近くにいるんだから、でかい声を出すな」

「浜松で殴り殺された大友高充が、ときどきお袋を連れて食べにいってたっていう、ホテルの天ぷらを、一度は食べたいんだけど、どうですか」

「どうですか、なんて、きかずに、食いたくなったんなら、いってきたら」

「いつも同じものを食わされてる従業員の慰労に、ちょいと気の利いたホテルのレストランへって、考えても損はないと思うんだけど」

「いつも同じものじゃないだろ。芝川のうなぎも、かめ家では天ぷらもたらふく食ったじゃないか」

「かめ家の天ぷらと、御茶ノ水のホテルの天ぷらは、比べものにはならないと思います。おれがいいたいのは、いいことがあったあとは、従業員を、いつもとは雰囲気のちがったとこへ連れていくとか。それが次の仕事に役立つっていうことを、所長は……」

デスクの電話が鳴った。

小仏が応じた。意外な相手からだった。

「昼間は、大変失礼いたしました」

穏やかな低い声は、岸本商会専務の雨宮昌幸だった。「きのうも、きょうも、考えてもいないことを小仏さんがおっしゃられたもので、頭が混乱してしまって、失礼なことを申し上げたことに気付きました」

なんだかいやに低姿勢だ。電話の向こうで頭を下げている格好を想像した。

「私のほうが、失礼なことを並べたような気がしますが」

小仏も調子を低くした。

「いえ、いえ。よく考えると、小仏さんのおっしゃったことは、もっともだと思いました。私は小仏さんのおっしゃる意味を酌み取っていませんでした」

雨宮はいったいなにをいおうとしているのか。

小仏は、耳を澄ますように黙って、雨宮の呼吸をうかがった。

「私は、勉強不足な人間なので、小仏さんが二回も足を運んできてくださった理由というか、目的というか、お会いしているあいだはそれを感じ取っていませんでした。

独りになって、冷静になってみると、なんと迂闊なことだったかと、反省いたしました」

声は低いが、言葉ははっきりしている。正気で、あるらしい。

「そうですか」

小仏は、雨宮の鼓動をきくように受話器をにぎり直した。

「小仏さんがいままでの私に関する調査に費やされた労力を、高値で買い取らせていただきます」

「労力を買い取る？」

「はい。失礼とは思いますが」

「いったい、いくらで？」

「五百万円で、いかがでしょう」

雨宮の肚が読めた。

小仏は、イソとシタジとエミコの顔を見てから、

「いいでしょう」

と、答えた。

「ありがとうございます。話の分かる方ですね、小仏さんは」

「ほめられるほどのことでは」

「こういうことは、早いほうがいいので、今夜にでもお会いしたいのですが」

「了解です。どこで、何時に？」

「人目につかないところにしましょう」

雨宮はその場所を決めていただろうが、考えるふりをした。

「そうですね」

「神田明神の脇に、明神石坂というところがありますが、ご存じでしょうか」

「たしか秋葉原方面への石段では」

「そう、その石段の下にしましょう」

五百万円なら鞄にもポケットにも収まる嵩なのに、雨宮は人目の少ない屋外を指定した。落ち合うのは深夜の十一時。闇取引きには似合いの時間帯だ。

小仏は、安間に電話した。

「買収か。雨宮は、小仏の正体を見抜けなかったんだな」

「そうらしい」

安間は、すぐに手配するといった。神田明神付近の所轄は警視庁万世橋署だ。

五木から、手配ずみの連絡があった。

「所長。今度こそ、いよいよだね」

イソだ。

「今度こそとは、なんだ」

「おれ、そのなんとかいう石段の陰から、所長の最期を見届けるね。今夜は、シタジもエミちゃんも一緒にいこうぜ」

エミコとシタジは、顔を見合わせてうなずいた。

「所長の最期の晩餐(ばんさん)は、芝川のうなぎで、どう」

「勝手にしろ」

一時間後、芝川からうな重の「松」が四人前届いた。うな重と椀を岡持ちで運んできたのは女将だった。

「出前なんて、珍しいんじゃない。四人そろっているんなら店のほうがいいのに」

女将は上がり込むと、応接用のテーブルに重箱を並べた。

「きょうは、特別な日になるんだ。女将さんも、所長の顔を、よく見ておくんだな」

イソは真顔だ。

「よく見ておけだって。……やだ、なんか起こりそうじゃない」

尻込みしている女将に、エミコが笑いながら代金を払った。

「小仏さん、丈夫そうに見えるけど、どこか悪いの。手術でも。なにかあったら、知らせてね」

女将は立ったまま、小仏の横顔を見てから出ていった。

午後十時五十分。小仏は、神田明神の入口でイソが運転してきた車を降りた。車にはエミコもシタジも乗っているが、小仏のあとをそっと尾けて、明神石坂近くの暗がりへ潜むだろう。

神田明神の参道には人影はなかった。石の階段には街灯が点いているが薄暗い。石段下の料理屋の窓にだけ灯りが点いていた。こんな夜中に急な石段を昇り下りする人はおらず、そこを横切る夜猫もいなかった。十月に入ったばかりなのに、真冬を思わせる冷たい風が吹いている。

石段の途中に飲料水の空缶が捨てられていた。小仏はその缶を拾って石段を転がした。金属製の空缶は跳ね、思ったよりも高い音を立てて転がり落ち、料理屋の軒下で音をとめた。

彼はつとめて左右に首を振らないことにして、石段を下りきった。時計に目をやった。きっかり十一時になった。料理屋の黒い板壁の一部がはがれたように黒い影が五、六歩近づいた。

小仏が雨宮の名を呼んだ瞬間、黒い影の腕が伸びて、空を切る音がした。黒い影は木刀のようなものを振った。小仏はこういうことを予想していた。彼は相手の腰に組みついた。周りに足音が起こった。呼び声がいくつかして、黒い影は組み伏せられた。

ライトが点いた。凶器の棒をつかんでいるのは雨宮昌幸だった。暗がりに身を隠していた警官によって、彼の手首に手錠が掛けられた。

「所長」

イソが駆け寄ってきた。小仏はイソの耳を引っ張って、「おまえは、ここにいないほうがいい」とささやいた。

暴行傷害の現行犯として逮捕された雨宮は、黒い服装の警官たちに引きずられるようにして、車に押し込まれた。小仏も両脇を、彼よりも体格のすぐれた警官にはさまれた。

――警視庁本部の留置場で一夜を明かした雨宮昌幸は、木刀大の棍棒で小仏を襲った理由を自供した。

「小仏太郎さんを、なぐり殺そうとしたんだな」

と、取調官に追及され、そのつもりだったと答えた。

小仏を、なぜ殺そうとしたのかときかれると、彼は十五年前に発生した新宿・歌舞伎町のビル火災について、ある男たちから強請られたことがあった。それは五年前のことで、ある男たちは、『あのビル火災は放火だった。犯人はあんただった』と、迫ってきた。雨宮は事実無根だとつっぱねたが、男たちは、『あんたが火を点けたという証拠があるし、火災当夜のもろもろの状況から、犯人はあんたしかいない。いくらあんたが否定しても、犯人だという筋書きは出来上がっているんだ。あんたは、あのビルのテナントのフェアリスというクラブのホステスと、あの晩にトラブルを起こしている。その腹いせに、ビルの階段に重ねられていた物にマッチで火を点けたが、まさか四十何人もが巻きぞえになるとは思わなかったろう。だが現実に、あんたの知らない人たちが、焼き殺された』と、執拗な脅迫を繰り返した。

「放火は、事実だったのか」

取調官がきいた。

「私ではありません」

「あんたを強請った男たちは、あんたが犯人だという証拠をにぎっているといったんだね。その証拠とはどんなことか」

「フェアリスのホステスの態度が気に食わなかったので、腹を立てたふりをして、あの店を出ました。そのあと、あのビルの近くのバーと、ゴールデン街のバーで飲んだあと、歌舞伎町をぶらぶら歩いていました。どこをどう歩いていたかは憶えていません。東の空が白くなったころに、タクシーで帰りましたが、正確な時間も記憶していませんでした」

「つまりあんたは、火災発生時に歌舞伎町にいたんだな」

雨宮は弱よわしくうなずいた。

彼は五年前に、ある男たちから強迫を受けたというが、それはどんな男たちだったかを取調官はきいた。

「男は二人です。二人とも上背があってがっしりした体格で、年上のほうは小仏太郎といって四十歳見当でした。もう一人は三十七、八歳に見えました。小仏太郎と名乗ったほうは、『おれたちのことを警察に知らせたら、藪蛇だよ。強請られるにはそうされる原因があるんだからね』と、会うたびに、低い声でいいました」

「あんたは男たちに屈伏して、要求に応じた。いくら渡したんだ」

「五千万円です」

「千駄木に建てた家を売って、金をつくったんだね。家を手放さなくてはならない事情を、家族には打ち明けたのか」

「話しました。家内は、理解できないといって、三、四日寝込んでいました。別れるとはいいませんが、その後は口数がごく少なくなったし、まるで他人と同じ家に住んでいるようです」

「あんたは、十五年前に、顔の手術を受けている。病気でもないのに、どうしてだ」

「目の横の瘤が少しずつ大きくなっていたので、それを取り除いてもらったんです」

「自称小仏太郎らに強請られたのは、五年前。その後、その男との接触は」

「今年に入ってから電話をよこすようになりました」

「強迫か、なにかを要求されたのか」

「『元気ですか』とか『近いうちに会いましょう』といわれました。強迫です。五年前に彼等に屈服したのを、後悔しました。しかし」

雨宮は、垂れた首を激しく振った――

4

雨宮昌幸の身柄は静岡県警細江署に移され、取調べには石川刑事があたった。

「九月十二日に、管内の浜松市北区引佐の龍潭寺北側で重傷を負っている男が発見された。男は収容された病院で小仏太郎と名乗っていたが、からだじゅうを殴られたらしい怪我が原因で、十五日に死亡した。次の日、死亡した男が発見された現場近くの草むらから、べつの男が遺体で発見された。その男も、小仏太郎と名乗っていた男と同様の傷を負っていた。……小仏太郎と名乗っていた男の本名は、中ノ島豪。磐田市出身で元警視庁の刑事だった。遺体で発見された男は、東京・足立区千住出身で、元陸上自衛官の大友高充。歌舞伎町ビル火災をネタにあんたを強請っていた二人だ。二人の本名をあんたは知っていたか」

「いいえ」

　雨宮は不精髭の顔で答えた。

「二人の住所をつかんではいたね」

「住所かどうかは分かりませんが、立ち寄り先は確かめました」

「そこは？」

「浜松市中区鴨江町のマンションです」

「五年前からあんたを強請っていたのが、中ノ島と大友だということを、警察がどういう点からつかんだか分かるか」

「さあ」

　雨宮は額に手をあてた。

「何者かに暴行を加えられて死亡した二人の着衣や持ち物から、あんたの指紋が検出されたんだよ。あんたは、九月十日から十二日の間、浜松市内にいた。そのあいだに中ノ島と大友に会った。あるいは二人の行動を密かに調べていた。あんたの姿は、市内の何か所もの防犯カメラに映っているんだ。あんたは二人の外出を尾行して、人目のない場所で、棍棒を使って殴り倒した。意識を失った男を車に引きずり込んで、龍潭寺北側の草むらへ運んで棄てた。悪質なならず者の二人だが、あんたに浜松で殺られるとは予想していなかったようだ」

石川は、引佐近辺になにかの縁でもあったのかを雨宮にきいた。

何年も前だが、歴史物語を読んでいるうち、遠江井伊家二十二代には男子がさずからなかった。そこで一人娘に男名の直虎を名乗らせて、家督を継がせたとあり、井伊家継承には龍潭寺和尚の貢献がものをいったくだりが書かれていた。当時読んだもののうちでは、それがきわ立って面白かった。その物語の余韻が冷めないうちに、浜名湖や舘山寺へ観光にいった友人が、三ケ日（みっかび）のミカンを現地から送ってくれた、その人は龍潭寺を参詣して、小堀遠州作の庭園の美しさを称えていた。

翌年、浜松市へ出張する機会が訪れた。訪問先の人に龍潭寺のことを話したところ、案内するといってくれた。仕事で訪れたのに思いがけず名勝を見学し、寺の墓所や付近の神社なども目に焼きついた。

「最近になって、小仏太郎という私立探偵が接近してきた。あんたは、その名前にもびっくりしたんじゃないのか」

石川は、雨宮の表情が変化するのを予想した。

「それはもう、腰が抜けるほど。……私立探偵の名刺を持った小仏太郎さんは、私が、浜松の男たちに強請られていたのを知っていました。なぜ知っていたんでしょう」

「本物の小仏太郎さんは、人の隠しごとを、調べるプロなんだ」

「私は、二人の小仏太郎から脅されました。思い出すと、背中に寒気を感じる嫌な名前です」

　雨宮は、両腕で胸を囲んだ。

　警視庁は、あらためて雨宮昌幸に尋問しなくてはならない重大事があり、寺内と五木が細江署へ出張した。

　取調室へ引き出されてきた雨宮の顔はげっそり痩せ、目は落ちくぼみ、左目横の黒いシミが面積を広げていた。

　寺内が、「十五年前の新宿・歌舞伎町のビル火災についてきく」と、雨宮を見据えた。

　雨宮は、肩に首を埋めた。

「当夜、ビルのテナントのクラブ・フェアリスへ単独で飲みにいったが、ホステスの一人が思いどおりにならないことに腹を立て、いったんそこを出たあと、深夜まで同ビル周辺を徘徊したのち、同ビルの階段に放火した。それは認めるか」

　寺内の質問に雨宮は、ちらりと上目を遣ったあと、

「私は放火なんてしていません」

　と答えた。

「放火していないのに、浜松からやってきた本名・中ノ島豪と大友高充に、放火犯だ

と詰め寄られて、大金を強請られた。身に覚えのない濡れ衣なら、強く否定して、強迫を受けているのを訴えればいいのに、なぜそれをしなかった」

「否定しました。何度も、私はやっていないといったんです。ですが、小仏太郎と名乗った怖い顔で大柄の男は、私がやっていないといくらいっても、放火の動機も証拠もあるし、出火直前にあんたを見た人が複数いる。その証拠をつかんでいるのは、おれたちだけ。あんたが否定しつづけるつもりなら、あんたの日ごろの素行から、火災当夜の行動を世間にばら蒔く。警察にも証拠を送る。検挙されれば死刑は確実だ。家族は、いまのところに住んではいられないだろうし、勤務先の会社は大恥をかくことになるといって、私がなにをいっても、きき入れようとしませんでした。小仏太郎という男の話を繰り返しきいていると、私がほんとうに放火したような気に、させられてしまうこともありました」

「脅迫男のいうことを否定はしても、しかるべき人に相談したり訴え出たりしなかったのは、どうしてなのか」

「私がやったといって、世間にバラされると思ったからです」

「やっていないのなら、バラされてもかまわないじゃないか。ならず者のつくったでたらめなシナリオだといって」

雨宮は首を振ると両手で耳をふさぎ、そのあとはなにをきいても答えなかった。

一方、警視庁本部は、西川景子誘拐犯の光沢雄二に、中ノ島豪と大友高充との間柄をきいた。

光沢は一時、浜松市内の金融会社で、債権取り立てを請け負っていた。その当時、同じ仕事をしていた中ノ島と大友と知り合い、市内鴨江町のマンションを三人の集合場所にして稼業を練っていた、と語った。

東京・千住の大友の父親は、高級畳をつくる職人として業界に広く知られていた。光沢の父親も畳職人で、静岡県内の史跡や高級旅館の和装と畳を請け負っていて、過去には大友の父親と一緒に仕事をしたことがあった。だが二人の息子は、畳表のように整然として平らな質(たち)ではなかったし、父親同士が知り合いだったとは知らなかった。

5

「息子が犯罪にかかわったあげく、殴り殺されたっていうのに、そういう人の母親とは、とても思えない」

小仏の電話がすむのを待っていたように、イソがいった。

小仏に電話をくれたのは、大友高充の母親の志津。

彼女は小仏の話をきいて、北海道へいった。北海道の温泉地でうたっているまりこという女性のうたをきくためにだった。函館の湯の川温泉のホテルで、宿泊客相手にステージをつとめたあとのまりこに会った。まりこの出身地は浜松市引佐で本名は田川侑希。浜松市内の料理屋に勤めていた侑希は、事業経営に疲れ、ギャンブルに破れた客の中ノ島長治と暮らすことを決めた。事業と家族を捨てた歳の差のある長治と一緒になることを、両親が許すはずはなかった。そこで二人は行方を消し、郷里を遠くはなれた。二人で生計をいとなむために、彼女が生まれながらに持った才能を活かすことにした。人前で歌をうたう芸だった。初めは自信はなかったが、北海道の温泉地にはまりこのうたを聴いてくれる人がいた。

凶悪事件をきっかけに、行方不明の二人の暮らしを小仏は想像しているうち、侑希の才能に気付いた。これも事件がきっかけで知り合った大友志津に、故郷を捨てた二人の現状を話した。小仏の話に耳をかたむけた志津は、まりこのうたを聴きに北海道へ飛んだ。彼女は、自分の身に降りかかった現実に目をふさごうとしたのではないか。湯の川温泉でまりこのうたを聴いた志津は、その感想をいとこである岩川プロダクションの社長に知らせた。それまで知らなかったまりこという女性の生活を憐れんだからではない。彼女のうたがただうまかったからでもない。有名歌手が何年も前から数えきれないほどうたっている演歌だったが、まりこがうたうと、べつの詞とべつの曲にきこえた。志津は岩川に、『心を打ちくだかれた』と話した。

それほどの歌い手ならばと、岩川もまりこのうたを聴いた。彼は音楽関係者に、『日本人の琴線をふるわす哀調』と、その感動を手放しで伝えた。

岩川プロダクションの企画によってまりこのために詞が書かれ、著名作曲家が曲をつけた。しばらく鳴りをひそめていた演歌界だったが、目を覚ましたようにまりこのデビューを話題にした。

志津は電話で、まりこがデビュー曲を発表する会場へ、小仏を招んだのだった。

「うかがいます。よろこんで」

小仏は受話器を持ち直した。

「まりこさんは、行く先にいいことがあるはずはないと分かりながら、すごした十年間から、生まれ変わったようだといっています。彼女には重いものを捨てる勇気があったんです。捨てたものを、これからは、ひとつひとつ拾うように、うたっていくのでしょうね」

そういって電話を切りかけた志津だったが、「発表会の日は、御茶ノ水のホテルの天ぷらを、奢らせてくださいね」

と、いくつか若返ったような声をきかせた。

2017年1月　ジョイ・ノベルス（小社）刊

本作品はフィクションであり、実在の個人および団体とは一切関係ありません。

実業之日本社文庫　最新刊

赤川次郎
花嫁をガードせよ！
警察官の仁美は政治家をかばい撃たれてしまい、その怪我が原因で婚約破棄になりそう。捕まえた犯人は取り調べ中に自殺をしてしまい――。シリーズ第31弾
あ119

梓 林太郎
遠州浜松殺人奏曲　私立探偵・小仏太郎
静岡・奥浜名湖にある井伊直虎ゆかりの寺院で倒れていた男に名前を騙られた私立探偵・小仏太郎。謎の男の正体をさぐるが意外な真相が…傑作旅情ミステリー！
あ314

安達 瑶
悪女列車
間違って女性専用車両に飛び乗ってしまった僕。通勤電車、新幹線、寝台特急……機密情報入りのUSBを持って鉄路で逃げる謎の美女を追え！
あ86

草凪 優
知らない女が僕の部屋で死んでいた
眼が覚めると、知らない女が自宅のベッドで、死んでいた。女は誰なのか？　記憶を失った男は、女の正体を探る。怒濤の恋愛サスペンス！（解説・東えりか）
く67

田中啓文
文豪宮本武蔵
剣豪・宮本武蔵が、なぜか時を越え明治時代の東京に。人力車の車夫になった武蔵だが、樋口一葉、夏目漱石らと知り合い、小説を書く羽目に…爆笑時代エンタメ。
た65

津本 陽・二木謙一
信長・秀吉・家康　天下人の夢
戦国時代を終わらせた三人の英雄の戦いや政策、人間像を、第一人者の対談で解き明かす。津本作品の名場面再録、歴史的事件の詳細解説、図版も多数収録。
つ25

花房観音
秘めゆり
「夫と私、どちらが気持ちいい？」――男と女、女と女が秘める恋。万葉集から岡本かの子まで、和歌を題材にとった極上の性愛短編集。（解説・及川眠子）
は26

本城雅人
代理人　善場圭一の事件簿
女性問題、暴行、違法な賭け事……契約選手をめぐる様々なトラブル解決に辣腕をふるう代理人の奮闘を活写。異色スポーツミステリー！（解説・佳多山大地）
ほ41

睦月影郎
昭和好色一代男　再び性春
昭和元年生まれの昭一郎は偶然幽体離脱し、魂が孫の若い肉体と入れ替わってしまう。久々の快感を得たいと町へ出ると、人妻や処女との出会いが待っていた！
む212

実業之日本社文庫　好評既刊

梓林太郎
松島・作並殺人回路　私立探偵・小仏太郎

尾瀬、松島、北アルプス、作並温泉……モデル謎の死の真相を追って、東京・葛飾の人情探偵が走る！　待望の傑作シリーズ第1弾！（解説・小日向 悠）

あ31

梓林太郎
十和田・奥入瀬殺人回流　私立探偵・小仏太郎

紺碧の湖に映る殺意は、血塗られた奔流となった！――東京下町の人情探偵・小仏太郎が謎の女の影を追う、傑作旅情ミステリー第2弾。（解説・郷原 宏）

あ32

梓林太郎
信州安曇野　殺意の追跡　私立探偵・小仏太郎

北アルプスを仰ぐ田園地帯で、私立探偵・小仏太郎と安曇野署刑事・道原伝吉の強力タッグが姿なき誘拐犯に挑む、シリーズ最大の追跡劇！（解説・小椰治宣）

あ33

梓林太郎
秋山郷　殺人秘境　私立探偵・小仏太郎

女性刑事はなぜ殺されたのか!?「最後の秘境」と呼ばれる秋山郷に仕掛けられた罠とは――人気ミステリーシリーズ第4弾。（解説・山前 譲）

あ34

梓林太郎
高尾山　魔界の殺人　私立探偵・小仏太郎

この山には死を招く魔物が棲んでいる!?――東京近郊の高尾山で女二人が殺された。事件の真相を下町探偵が解き明かす旅情ミステリー。（解説・細谷正充）

あ35

実業之日本社文庫　好評既刊

梓林太郎
富士五湖　氷穴の殺人　私立探偵・小仏太郎
警視庁幹部の隠し子が失踪!?　大スキャンダルに発展しかねない事件に下町探偵・小仏太郎が奔走する。傑作トラベルミステリー！（解説・香山二三郎）
あ3 6

梓林太郎
長崎・有田殺人窯変　私立探偵・小仏太郎
刺青の女は最期に何を見た――？　警察幹部の愛人を狙う猟奇殺人事件を追え！　下町人情探偵が走る、大人気トラベルミステリーシリーズ！
あ3 7

梓林太郎
旭川・大雪　白い殺人者　私立探偵・小仏太郎
北海道で発生した不審な女性撲殺事件。解決の鍵は、謎の館の主人が握る――？　下町人情探偵が事件に挑む！　大人気トラベルミステリー！
あ3 8

梓林太郎
スーパーあずさ殺人車窓　山岳刑事・道原伝吉
新宿行スーパーあずさの社内で男性が毒殺された。山岳刑事・道原伝吉は死の直前に彼と会話をしていた謎の女の行方を追うが――。傑作トラベルミステリー！
あ3 9

梓林太郎
姫路・城崎温泉殺人怪道　私立探偵・小仏太郎
冷たい悪意が女を襲った――！　衆議院議員の隠し子失踪事件と高速道路で発見された謎の死体の繋がりは？　事件の鍵は兵庫に…傑作トラベルミステリー。
あ3 10